風わたる湖

吉屋行夫

本の泉社

目次

第一部　少女と老人

一　喫茶「カトレア」

北中学校の正門前を西に向かうと、背戸川にかかるコンクリート造りの一角橋が見えてくる。

橋を渡って、信号のある交差点を二つ抜けると、左手に三角屋根が顔を出す。ベージュの瓦と、イエローとグレイのタイルをモザイクに埋め込んだ壁が良く似合う喫茶店である。

二代目のオーナー兼店長の佐竹猛は外壁を換え、内装も明るいクリーム色にして若い客層をねらったが、売り上げは一向に伸びなかった。アルバイトとはいえ、女性のスタッフを四人も雇っていては人件費だけでも相当なものになる。通常は二人で仕事をし、忙しい時間帯は三人になる。休暇も保障しなければならないが、四人がかりでもきりきり舞いの時もあるし、二人でも時間を持て余す時もあった。

客席は一階だけの、ヒュッテ風の店である。西側は厨房とケーキ作りのコーナーにあて、西北に玄関、東と東南面は総ガラスの窓に切りとってある。陽の動く方向によって、アコーディオン・カーテンで遮光する。長方形と丸形のテーブルが、大小合わせて六基ほど、一番奥の東面には革張りのソファが二基、L字型に置かれている。客は最大三〇人は可能である。朝七時開店、夜八時には閉まる。

シフト朝イチのスタッフは六時に出勤して、シャッターを上げ、モーニング・セットの準備にとりかかる。朝イチは店長代理の山根広子が最も多い。日曜日だけが閉店だから、広子は休みの日が待ち遠しい。

客は、この近辺の勤労者が中心で、八時半を過ぎると閑散としてくる。昼食、夕食時、午後三時前後のコーヒータイムは、混雑する。それを過ぎれば、ゆっくりできるのが、この店の取り柄といえば取り柄である。

広子は商業高校を卒業してすぐに、ここに勤めた。六年になる。独学と経験年数認定で調理師免許だけは取った。いつかは独立して、店を持つのが悲願で、コツコツ資金を貯めている。近ごろ太り気味なのが悩みだ。

広子の次は岡田やすえ。大学の社会学部を出たばかりで、フリーターを自称。将来は小説家をめざしている。武蔵坊弁慶を主人公にした歴史物を書きたいと「吾妻鏡」や「義経記」

を註釈付きの原文で読んでいる。

三番手は深見ナナで、今年成人後、一念発起して夜間の経済短大に通いながら、経営の勉強をしている。

一番下の久保田千古は一八歳。先輩たちとは順番に二歳ずつ年下の、最年少になる。事情があって義務教育も受けていないが、劣等感はない。


一九九五年六月。

梅雨の合間を縫うようにして、その日の朝は晴れていた。広子が入り口のシャッターを上げ、ドアを引くと、湿ってはいるが明るい風が入ってきた。

窓のアコーディオン・カーテンを巻き上げ、エアコンを入れる。床は板張りで敷物はない。掃除は閉店後に済ませてあるので、すぐに調理場に立つ。朝のメインはモーニングセット。なかには飯物を注文する客もいて、カレーライスとオムライスは、いつでも出せるようにしている。自家製のショートケーキと、ホットケーキの生地は昨日のうちに仕込んで、保冷ケースに入れてある。

「何が早寝、早起き、朝ゴハンだよ」

千古が、ふくれっ面をして、店長代理の広子にかみついた。

「いいんじゃない。朝のお客がふえれば上等なんだから」

「じゃなくてさ、それを家庭のしつけにしないと、良い子ができないんだってさ、変だよ」

「どして？」

「だって、おれなんか、まともに朝めし喰ったことないんだもん」

「だから、それは目標の言葉なんよ」

「そんなもん、守れっこないじゃん」

千古は栄養のバランスとか、カロリー計算とか、人間生きていくのに必要ない、と思っている。朝飯が喰えるなんて、世の中そんなに甘くない。目の前にあるものしか喰えない人間もいるんだ。


「カトレア」は確実に客が減ってきていた。ゆっくりと落着いて、コーヒーを楽しむようなご時世ではない。佐竹は同様の店を他に二つ持ち、せめてどの店も赤字にはさせまいと、奔走している。人件費を切りつめるか、一店は人手に渡るのも止むを得ないかと、思案している最中だ。彼は週に一度か二度、店に顔を出して、在庫や帳簿類を確かめ、仕入の注文をして、そそくさと帰っていく。

賃金の支給は毎月二五日。広子が他のスタッフに手渡す。最低賃金は越えていたが、彼女でさえ時給八百三〇円。なぜか年齢順に二五円きざみに下がって、千古は七百五五円だ。それでも彼女は有り難かった。今までの生活と比べて天と地の差だった。シフトの穴があいた時も、喜んで出番を買って出た。残業代はつかず、サービスだったから、早出、居残りはいっさい拒否した。只働きはご免だとチャッカリしているわけではなく、労働法を知る由もなく、ただ感覚的に正道を歩んでいた、というべきだろう。

いつだったか、閉店の二〇時きっかりに男客が一人入ってきた。彼女は注文も聞かずに、「ママ、あとお願いね」と一人住む屋根裏部屋へ上がっていった。

最初、釣り銭の勘定ができなかった。一八歳にもなって一桁の加減算もできないのが、恥かしいわけではない。けれど、胸を張って威張れるものでもない。

夜間短大の深見ナナが、計算の指導をした。

「ママに三千円借金してるとするでしょ」

「してないっし」

「仮りによ」

「借りも何もないもん」

「借りたことにするのよ」

「わかった」

「そこへ二千円、お小遣いが入るの」

「おこづかいなんか、もらってない」

「仮りによ」

「借りてない」

「その二千円をママに返すと、借金はあといくらになる？」

「返さない」

「返すとするのよ」

「返さないもん」

「バッカねえ」

「そうだよ、おれはバカだよ、そのバカに教えるってのは、もっとバカだね」


それでもナナは根気よく教え続けた。携帯電話も持たず、電卓も叩けない千古にレジスターの操作を覚えさせ、何とか客との取引勘定ができるようになった。計算には弱いが、記憶力は良い。客の注文を間違えたりはしない。人にはそれぞれ得手不得手がある。

目鼻立ちは、くっきりとし、中肉中背でスタイルは良い。丸顔の、少し下ぶくれて笑うと大きく口が開く。だが、めったに笑わない。その代わり、うるさいくらいおしゃべりである。

店の三角屋根の空間に作ってある屋根裏部屋に、一人住んでいる。寝泊りが必要な場合、いつでも使えるようになっていた。下のフロアが広いから、三角部屋も大きく、八畳はある。朝の六時には開店準備の音にうながされて、目を醒ます。

厨房につながっている螺旋階段を降り、スタッフ用の狭い洗面所で顔を洗い、身支度を整える。髪をなでつけるだけで、スッピンのままだ。オレンジ色の地にカトレアの花模様の入ったエプロンをつければ、それで終り。

バスルームなど、ある訳がないから、毎晩外に出る。市内にまだ辛うじて残っている二軒の銭湯に日替りで、交互に行く。浴室にいるかいないか分からないほどの、おばちゃんたちを尻目に、おなかを上にして湯舟に浮かぶ。

四肢を力一杯伸ばすと、ラッキーな気分が押し寄せてくる。


千古には親がいない。兄弟もなく家もない。気がついた時には、一人になっていた。両親は九州の、どこかの港で小さな漁船を一隻持つ漁師だったらしい。二人して朝一番に海に出て魚介類をとって暮した。

公害の影響が広がり、少しばかりの漁獲物に買手がつかなくなり、売上げは見る見る減った。そのうち母親の春江が病気になった。何の病気かは聞いていない。

春江の死とともに、船を二束三文で叩き売り、父の千造は仕事を求めて、山陽道から東海道へとのぼった。その日暮しの稼ぎをしながらの旅だ。

両親が海に出ているときも、父が日稼ぎの道中を続けているときも、誰が千古を助けてくれたのか、知らない。

この町にやってきたとき、案の定というべきか、千造は病いに倒れた。親切な人が市役所と掛け合って、生活保護の申請をしてくれた。

二〇世紀の中頃から、炭鉱が次々とつぶされて、全国のあちこちに散らばった労働者を受け入れる自治体がふえた。「炭住」と略称する住宅を用意したが、年を経るにつれて、空きが多くなり、荒れたままになっているところがあった。千造は、そのうちの一軒に入居し、寝たきりになった。千古が三歳のころである。父が亡くなるまでの一〇年間、町内の民生委員と近所のおばちゃんたちが二人の世話をしてくれた。

六歳の就学年令に達した時に、民生委員たちが入学手続きをしたが、小学校へは行かなかった。そのころはもう、父の看病も食事の仕度もできるようになっていて、学校へ行って勉強する余裕はなかった。

民生委員の相厳寺の僧侶、山本亀厳が児童相談所と話し合って病虚弱児養護施設「東びわこ学園」に入所する手続きをとった。学園で寝泊りしながら学校へも通えるし、親の看護のための特例として、通所もできる。

千古は学校には行かず、昼の給食を学園でとると、すぐに家に帰った。

「父ちゃ、大丈夫？」

「ああ、大丈夫だよ」

家に帰っての会話は、いつもこの言葉で始まり、千古は洗濯や掃除をし、夕食の準備にとりかかる。母の春江がどんな人だったか、赤ン坊の頃どんな生活であったか、千造に訊ねたことはない。母も漁師で、病気で亡くなった、としか聞かされていない。

その千造が息を引きとったのは、千古が小学六年生の冬だった。子どものなかった亀厳・伸子夫妻が里親となり、続いて養女とした。だが、中学校には行かず、元の「東びわこ学園」で過ごした。

義務教育終了時に、亀厳夫妻は高校に行くようにすすめたが「働く」と駄駄をこねた。千古は仕事をさがし回り「カトレア」の天井部屋に住みついた。

「ひとりで生きていく」

彼女は養親の山本夫妻を嫌っていたわけではない。自分のようなものでも、助けてくれる人もいるんだ、との気持はあった。それでも他人によりかかるよりは、一人で稼いで一人で暮す方が性に合っている、と思い込んでいた。

何事もなかったかのように、三年が過ぎ、千古は一八歳になった。児童相談所の手を離れるこの機会に、山本夫妻の養女となった。

広子ママは相厳寺と連絡を取り合ってくれていたから、千古に変ったことがあれば、養親は駆けつけただろう。ヤンチャで、まだ幼稚な彼女の将来を山本夫妻は気にかけていたに違いない。背も伸び、長い黒髪をうしろに束ねて、客の前に立つと、もうすっかり大人で、常連客からは可愛がられた。

姿形は愛くるしいが、物おじせず、平気で男言葉を使い、荒っぽい言い方をするので、広子たちはヒヤヒヤした。そんな言葉を客に使わないように、スタッフたちは代る代る注意する。客は余計なことは言わない店員より、ぞんざいな言葉ながらに愛想の良い子の方を歓迎したのだろう。

とにかく千古は「カトレア」の人気者になった。


六月初めの月曜日、初老の男が一人、入ってきた。初めての客である。背が高く、大柄で、ドアベルがやたらと鳴り、頭がつかえそうになるのを、身をかがめて、窮屈そうであった。

レジにいた千古は、見逃さず「らっしゃーい」と声を張り上げた。午前八時過ぎだ。ひとしきり喧騒だった朝食タイムが終りかけ、ルームは静かになろうとしていた。

高齢の夫妻が一組、のんびりと窓の外を眺めながらコーヒーを楽しんでいる。

大きな男の身長は一九〇センチを越えているだろう、と千古は目算した。中折帽を目深にかぶり、ダブルの紺のスーツに赤い斜めのストライプの入った、これも紺地のネクタイを締めている。ワイシャツのハイカラーが、ピンと張っている。靴は茶褐色でイタリー製だと、千古は見当をつけた。これでも客筋を見る目が肥えてきているつもりだ。

左手の小指に、シルバーのリングをはめていて、これは上物ではなく彼には似合っていない。帽子をとれば、恐らく短髪で半白だとにらんだ。ベルトやバックルまでは見えないが、とにかくスキのない形だ。

レジの前で、千古と顔を合わせたとき、彼の表情が一瞬、驚きの色に変ったように見えたが、すぐに目を伏せて奥のテーブルに進んだ。

小説家のやすえが、オーダーを聞きにいくと、男はメニューのブレンドコーヒーを黙って指で押さえた。顔も上げずに、帽子もとらずに。

その日から男は、毎日「カトレア」にやってきてコーヒーを一杯注文した。スタッフの誰とも話を交わさず、二時間ほど座ったままでいる。東の隅のL字型に置かれた革張りのソファが気に入ったらしく、彼の定席となった。コーヒーをのんでしまうと、ゆったりと背を低く伸ばし、背もたれに埋まるようにして、帽子を顔にかけ、時刻を過ごすのだ。

「何よ、あのじじい、変だよ」

珍しく四人がそろった日に、千古が愚痴った。

「何が変なの。お勘定ちゃんと払ってないの？」

夜学生のナナが心配した。

「払ってるけどよ、喰い逃げはさせないけどさ」

広子は「他のお客様に迷惑かけたりしなきゃ、いいじゃない」とおおらかである。

「そりゃあ、ないけどさ。はじめておれと顔を合わせたとき、びっくり顔してたしよ」

「そりゃあ、千古の顔みたら、誰でもびっくりするでしょうよ」やすえがからかった。

「バカいうじゃねえ」

「千古に気があるんじゃないの」と広子が、ひやかしに輪をかけた。

「はじめての客だぜ、そんなのあるわけねぇじゃん」

「一目惚れってあるじゃない？」

「いやだぜ、あんなおじいちゃん」

「それはひどいよ。ジェントルマンだよ。背高いしさ、カッコいいじゃない？」

「顔は見たんでしょ」と、やすえ。

「ちょっとだけだぜ」

「で、どうだった？」

「眉はゲジゲジ、目はあるのかないのか、わかんねぇし。くちびるは、めったら厚いし」

「あんな大きな男の人、見たことある？」

「ない」

「ひょっとしたら、やくざの親分かも」

やすえを引きとってナナが、「まさか。こんな田舎町に親分が何の用があるのよ」と言う。

「千古の他に顔見た人はいるの?」広子がナナとやすえに訊ねた。

顔は、みんな見ていたが、じっくりとではない。だいいち失礼である。男はレジでは中折帽を真深にし、ソファでは、下を向いたままだ。一杯のコーヒーを時間をかけて味わってしまうと、帽子を顔にのせてじっとしているだけだ。

本や新聞を読むでなし、何をするでもない。一〇時には店を去る。声を聞いた者はいない。

「体重は?」

「百キロはあるでしょう」

「まさか、八〇キロくらいじゃない?」

「きっとプロレスラーだ」

「年とって、お払い箱になった重量級ボクサーのトレーナーとか」

「元K1とか総合格闘技とか」

「お相撲さん、元関脇とか親方とか」

「年って、いくつくらい?」

「想像つかない」

「定年になって、何もすることがない人よね、きっと」

「じゃあ、六〇歳はこえてるの?」

「えっ？　そんなに」

「何もすることないなら可哀相だぜ」

「奥さんはいるのかしら？」

「指輪はめてるから、いるんじゃない？」

「じゃ、家族は？」

「いっつも、ひとりじゃん」

「そんなに気になるんだったら、本人に聞いてみれば。ロイヤルカスタマーだからね」

広子は千古に、けしかけた。

「ロイヤルとかって何だよ」

「常連で上等のお客様」

「上等？　笑えるよ、いっつもコーヒー一杯で、何が上等だよ」

「そうよ、コーヒー一杯で二時間もねばられちゃ、たまんないわ」ナナが同調する。

「忙しいのは一時間くらいのものよ。それも満席になったためしがないんだから、いいんじゃない？」ママは寛容の精神を示す。

「それはいえてる。いくら暇だからって、安い給料で働かせてさ、店長が悪いんだぜ」

「千古、あんた誰の味方なの？」やすえが、たしなめる。

「それにしても貫禄あるじゃない？」広子は話を上客に向け直した。

「メタボじゃないから、マフィアの一味かな」

「それこそ、まさかよ」

「マフィアがこんなところでじっとしてたって、商売にならないんじゃない?」

「麻薬の売人よ、それこそ上客を探してんじゃないの?」

「うちの店、取引場所にしようって?」

　おしゃべりは続く。

「強盗かもしれないぜ。売上金ねらったりしてよ」

「うちの売上げねらって、どうするのよ」

「公務員、それも高級官僚ね。警察やめて探偵やってるとか」

「カンリョウって何?」

「お役所の偉い人」

「市長さんとか、校長さんとか」

「そんなんじゃない」

「民生委員とか里親とか」

「バカ言ってんじゃねえよ」

「もっと偉い人よ」

「へえ、そうなんだ」

客が入ってきて、一同の話は終りになった。

ひと月がたち、七月になった。

真夏日が続き、地も人もひび割れた格好をしているように見えた。店の回りの紫陽花は首を垂れ、代わって向日葵が我が物顔に咲き誇っている。

大きな男は「カトレア」に通い続け、千古は彼に話しかける機会を失い続けていた。まともに彼の顔を見れなくなった。なぜかは分からない。目を合わせるのが恥かしい。

威厳のある紳士が、自分のような無学な小娘に関心を示すはずがない。オーダーの時もレジの前でも、彼女は目を伏せた。

男もまた、黙々として金を払って出ていく。入ってくる時も、スタッフの朝のあいさつにも返事せず、定席に着く。

彼女たちも「いつものでよろしかったでしょうか」とばかり言うのも面倒になり、黙ったまま同じコーヒーを運んだ。男は、そのたびに軽くうなずくような仕草をした。

待っていた雨が二、三日続き、雲間から朝日が顔を出した日の、九時半過ぎだった。

三台の三百五〇CCのバイクが、ひときわ高い唸りを上げて「カトレア」の裏の駐車場に停まった。暴走族たちは琵琶湖に沿った湖岸道路を時どき走ったが、街の中にまで入ってくるのは珍しい。この店にやってくるのも初めてである。

店にいたのは広子と千古の二人。客は、いつもの大きな男のほかに、常連の老夫妻が一組。夫妻は、ゆっくりコーヒーの香りと味を楽しんでいる。外壁の回りには向日葵に混じって、鉢植えの花が種々並び、季節感を漂わせてくれていた。

大きな男は例の東側隅のソファに深く身を沈めて、動かない。

三半三人組は思い思いのカジュアルウェアを羽織り、破ったジーパンをはいている。ベルトにチェーンをチャラチャラ巻いている者がいる。西部保安官のような、両端が折れ曲がったカウ・ハットを腰に下げている者、首の右から蛇が赤い舌を出して、鎌首をもたげているタトゥの男。三人ともベルトのバックルはドクロのお面だ。三半たちは、ヘルメットをハンドルに引っかけると、ドタドタ、チャラチャラと店に入ってきた。彼らは大きな男の座っている隅の一角に近づいて、ソファにバタバタと倒れ込むと、奇声を上げた。

窓際の老夫妻は、オーダーをキャンセルして帰ろうかと腰を浮かせたが、千古がホカホカのホットケーキを運んできたので、あきらめて座り直した。

「おら、どかんかい」

背の高い保安官ハットが、テーブルの下まで伸びている大きな男の脚を蹴り上げた。

千古は次に起こるであろう事態を予想した。ホットケーキを焼いて、まだ煙の上がっているフライパンを両手で持ち、三人組のうしろに近づいた。まさかの時には、このフライパンは役に立つ。

千古の期待に反して、大きな男の反応は鈍かった。

「何や、聞こえんのか」

保安官ハットは、じれったそうに、もう一度、大きな男の脚を蹴った。蹴ったつもりであった。大きな男はその瞬間に足を引っ込めたから、二度目の蹴りは空を切り、自分の脚でテーブルの脚をしたたかに打つ結果となった。

「なんや、やるのか」ハットは身がまえた。

大きな男は中折帽を被り直し、ゆっくりと立ち上がった。

保安官ハットは三人のなかで一番背が高く、リーダー格らしい。百八十センチは優にありそうだ。だが、立って向き合ってみると、大きな男の背丈は想像をはるかに越えて、ハットは、みじめに小さく見えた。

今は小男となったハットの闘争精神は萎えかけたが、相手は一人である。それに今さら敵にうしろをみせるわけにはいかない、とハットは考えたに違いない。

鎖チャラ男は右手の指四本に装着する鉄サックをはめて、身構えている。蛇タトゥはジーンズのポケットに右手を入れ、今にもナイフでも抜き出しそうな気配だ。

「なんや、やるのか」

ハットは、じれったそうにテーブルの脚を再び蹴った。大きな男が、ただひたすらにワビを入れて席を譲れば許してやるつもりなのか。

「なんや、やるのか」ハットは三度、喝を入れた。

大きな男は何やら、口の中で呟いた。

「なんやと、もういっぺん、言うてみい」

大きな男は再び、つぶやいた。何を言っているのか、千古には聞きとれない。

「そうか、そんなら表へ出ろ、ケリをつけてやろうやないか」

ここは店の中、客もいる、ここではまずい、とでも言ったのか。

三人は大きな男を囲むようにして、裏口から駐車場に通ずる庭に出た。千古は慌てて、後を追う。

庭には、真夏の白日にもかかわらず、赤トンボが飛び交っている。


エンジンの音が、ひときわ高く響いて、三半たちは去っていった。

「大変だ、大変だよう」

千古がフライパンを持ったまま、店内にかけ込んだ。

「どうしたの⁉」

ママの広子が叫び返した。店内の老夫妻は、いつの間にか、いなくなっている。

広子はカウンターからフロアに飛びだした。ひょっとすると、あの上客が裏庭で血まみれになって倒れているのかも知れない。あるいは？

庭に鉢植えのダイヤモンドリリーが置いてある。秋には、あの華麗な小さく輝く花々をつけるリリー。つい昨日植えつけたばかりの、その球根を、鉢ごと蹴散らかされてしまったのではないか。

悪い予感がしたが「騒ぐんじゃない」と広子は自分にも言い聞かせるように、千古を制した。

裏口のドアから、あの紳士が何事もなかったかのように入ってきて、元のソファに腰を下ろした。衣服も乱れていず、怪我をしたようすもない。

カウンターの中の丸椅子に座り込んだ千古に、広子は話をうながした。店内のＣＤプレーヤーは古いポップスを静かに流している。

「それが大笑い」

「大笑いが、どうして大変なのよ」

三日経った土曜日の夜。四人のスタッフがそろった。閉店後の午後八時過ぎ。

火を落し、クリーナーをかけ、窓を閉め、彼女たちは客のいなくなったフロアのテーブルを囲んで座った。クーラーの風が労働の汗を拭きとるように、心地よい。

入口の外灯は消え、「本日終了」のプレートが風にゆれている。下方を結んだヒモが切れているらしい。広子は、あのヒモを直してから帰らなきゃ、と考えている。

コーヒー粉は小山珈琲株式会社から仕入れている。インドネシア方面産を主としたブレンド一本である。コーヒーメーカーで注文分ずつ作るので余分は残らない。

ケーキ類は、その日のうちに処分する。ホットケーキの他、手作りのショートケーキが二、三種ある。売れ残りは自由に持って帰ってよい。千古には、それが夕食になる。

残り物がない時は近くのマクドナルドへ行く。朝は店のトースト、昼は宅配弁当をとる。


小説家の岡田やすえも、夜学生の深見ナナも、今夜は帰りを急ごうとしなかった。三日前に起きた大事件の詳報を、ゆっくり聞かなければならない。

「それで、どうなったの」やすえが広子と千古に話をうながした。

「そうよ、、そうよ、仕事中もママと千古は二人して思い出し笑い、してるじゃない。卑怯よ」ナナは、すねて見せた。


大きな紳士は、暴走族の三人男たちと対峙した。

「やるか」

保安官ハットが、リーダーらしく、口を切った。

千古は裏庭の、まだ青い葉をつけはじめたばかりの柿の木の陰に隠れるようにして成り行きを見守った。イザとなれば、何が何でも前に出ていこうと、フライパンの柄を握りしめながら、決意していた。

「ちょっと待ってくれないか」

千古は、はじめて紳士の声を聞いた。思った通りの、渋く低い声である。

「なんや、おじけづいたんか」鎖チャラ男が口を出す。

「上衣を脱ぐだけです」

「待ったろうやないけ」ハットは、リーダーらしい度量の大きいところを見せる。

紳士は上衣をていねいにたたんで、乾いた草の上に置く。帽子をとり、ネクタイをはずし、カッターシャツを脱ぐ。スローな動作に、男たちはイライラしはじめる。

紳士の上半身は真っ白なタンクトップ一枚だ。その下着の内側からは、異様にはみ出た肩が岩のように盛り上がっている。腕の筋肉は、いずれもヒョロリとした若者たちの太ももの、おそらく二倍はあろうと思われた。

髪は半白の老人、年齢は不明だが、胴はくびれて引き締まっている。裸になれば腹筋は何段にも割れているに違いない。

一の子分の鎖チャラ男は、鉄サックをはめ文字通り鉄拳を構えている。その彼がまず、ひるんだ。タトゥ男も半分、やる気を無くした。

保安官ハットは小さく言った。

「おい、引き上げるで」

若者たちは、三半にまたがると、いっせいにエンジンをふかせた。


「なあんだ、それだけ」

時代小説家志望のやすえは、本物のチャンチャンバラバラを期待していたようだ。

「警察沙汰にならなくて、良かったじゃない」とナナは冷静である。

「ほんと。物でもこわされたらどうしようって、わたしはヒヤヒヤしたけどね」

広子は、やっぱり経営者だ。

「ママは中にいたから知らないんだ。ヒヤヒヤなんか、おれっち、ぜんぜんしてないっし。それよりカッコ良かったんだから」

「大変だ、って転がりこんできたのは一体誰なの」

「あいつら、逃げながら、おぼえてろよ、なぁんて言っちゃってさ。おぼえてなんかやるもんか。それより、あの人、カッコ良かったんだから」

「惚れたの？」

ママは直球を投げた。

「ほれはしないけど、好きになった」

「時代劇じゃね、好きになるのを惚れるっていうのよ。知らなかった？」と、やすえ。

ナナも放っておけなくなった。

「そいで、その人、名前は？　どこに住んでるの？　年は？　家族は？　仕事は何？」

千古は、しょげこんだ。

「知んねぇよ」

「千古は、その日、店にいたんでしょ。コーヒー出したでしょ。レジ打ったでしょ。何も言わなかったの？」

「言ったぜよ、帰りに、ありがとうございました、またどうぞって」

「そんなの誰にだっていうじゃない。もっと他に言い方があるんじゃないの。好きになったのならね」

「ちょっと待って」

ママが千古とナナの会話に割って入った。

「千古はマッチョが好きなの？　デカイだけよ。年も六〇は越えてるおじいさんよ。ゲジゲジ眉毛に、おむすび顔。かわいくて、ちっちゃい千古に似合うと思う？」

「そうそう」　小柄で小太りのやすえは、ママに同調した。

スマートなナナは「筋肉に目がくらんだだけじゃない。人間はね、内面が大事なの」と言う。

「ナイメンって何だよ。むつかしい言葉使って、この可愛い千古ちゃんをだますんじゃねえよ」

「内面ってのはね、心のことよ。知性とか教養とか、要するに外には表れないけど、立派な人間かっていってるの。それに千古が可愛いのは幼いからよ。赤ちゃんは誰でも可愛いでしょ」

「ぼくが赤ちゃん？　バカにすんなよ。ちせい？　きょうよう。それって何だっぺ。そんなの説明にも何にもなっていねっぺさ。立派な人かどうかなんて、ぼくは勘で判るんだっぺ」

「相手は一言もしゃべらないのに、勘で判るの？　たいしたもんね。どんな勘なの」

　ママは、けしかけた。

「それが判るんよ。目と目でだぜ。それに、あの人のしゃべるの、聞いてんのよ、おれは」

「いつよ」

「決闘のとき」

「どう言ったの？」

「ちょっと待ってくれ、とか」

「それは千古に言ったんじゃなくて、チンピラどもに言ったんじゃない」

　やすえは「どんな声だった？」と興味を示す。

「中くらいの声。ゆったりして落着いて、渋くて男らしい声」

「それって、声に惚れたってわけ？」

ナナは、そう言ってから、千古を追い詰め過ぎたかなと、少し後悔した。

「もう。みんな、寄ってたかって、ぼくをいじめて。いいわよ、判ったわよ、次は千古の方からあの人に声かけるから」

「やってごらんよ。逆ナンに成功したら、ママが夕飯おごってやるからさ」

広子は、またもやけしかけた。


その日も八時ちょうどに紳士は、やってきた。例によって物も言わずに。千古は待ってましたとばかりに、ロイヤルカスタマーのテーブルに寄っていった。

月曜日の朝。店内はクーラーを入れないとむし暑い。ひとしきり出入りしていった客たちの熱気が残っている。

「いらっしゃいませ」

千古は、とっておきの声を出した。男は「うん」とうなずいたように見えた。

「ご注文は何にいたしましょう」

男は、声の方を向いた。千古の目を見つめ、すぐに顔を伏せた。

「ホットコーヒーでよろしいでしょうか」

いつもは、オーダーを聞かない。その日は彼がウンとかスンとかでも、何か言ってくれたらどんなにうれしいか、と思った。

判っているのよ、毎日毎日あなたが飲むブレンド。それ以外に何も注文してくれたことのない、一杯きりのホットコーヒー。こんなに心をこめて、あなたの注文を聞こうとしているのに、なぜ何も言ってくれないの？

うらめしくはあったが、これで逆ナンパのキッカケを逃したとは思いたくなかった。彼女は店内に客が一人もいなくなる機会を待った。

ママは窓を開け、空気を入れかえてからクーラーを再び動かした。七月初旬の空は曇っていて、湿気を帯びていた。

「あのー、おじさん」

彼女は男に声をかけるべき適切な二人称を知らなかった。お客さん。ねぇ。おっちゃん。あなた。ご老人。どれも、ふさわしいものとは思われない。ご老人は失礼すぎる。

おじさんは、いつものようにソファに深く身を沈め、中折帽を顔にかぶせ、眠ってでもいるようだった。かえって邪魔だったたか、と千古は悔やんだ。

紳士は帽子を顔からはずし、からだを立て直した。少女が立っているのに気づくと、

「どうぞ、こちらへお掛けください」と言った。

彼女はトレイをお腹のあたりに当てながら「いいんでございますでしょうか」と、また似合わない声を出した。

店のモットーは「客には親切、いつも笑顔で」である。ルールもいくつかある。客の席に座るのは禁じられている。キャバクラではない。客に誘われて外出するのもむろん、法度だ。

それなのに、千古は紳士の隣りに座った。

「わたし、千古といいます」

彼は、おもむろになめらかな口調で答える。

「私はうんのげんたろうといいます。海の野原、玄は玄米の玄、太郎は普通の太郎です。失礼ですが、ちこさんとおっしゃる。どんな字を書きますか」

「ちは数字の千、こは古いと書きます」

「千の古い、千古さんですね。何千古さんですか」

「久保田千古です」

「千古というのは、どんな意味があるのですか」

「千は、いっぱい、たくさんという意味です。古は大切なもの、大事なもの。古いものにはそういうものがいっぱいあるからだそうです。父から聞きました」

「それは知らなかった。千古さんは大事なものをいっぱい持っているという訳ですね。良い名前です。気に入りました」

気に入ったって？　何が気に入ったの？　千古は思い切ってたずねた。

「それって、名前が気に入ったのですか」

「名前も千古さんもです」

「ほんと？」

「本当です」

やったあ、という言葉は、その時出てこなかった。

「それじゃあ、海野さんはどこに住んでるの？　この近く？　仕事は？　奥さんはいるの？　子どもさんは？　毎日何してるの？　年はいくつ？」

紳士は初めて白い歯を見せて、笑った。

「これは参りましたね。一度に聞かれても、すぐには答えられません」

男女のペアが店に入ってきた。

「お客さんですよ」

玄太郎は、千古をうながした。

「じゃ、店ではヤバイから、どこかでお茶してくれますか」と千古は思い切って言った。

広子が千古たちを横目で見ながら、ペア客のオーダーを聞きに行った。

二　初めてのデート

「いいですよ、いつ？」玄太郎は承諾した。

「今晩」

「それはまた急ですね」

「ここを出て左へ、次の交差点の角にマクドナルドがあるの、五〇メートルほどです」

「マクドナルドの看板を探しましょう」

「そこで八時半、夜のよ、仕事が上がったらすぐ行きますから」

「オーケーです」

「ホント？」

「本当です」

「やったあ」千古は、ほとんど叫ぶようにしてカウンターの中へ駆け込んだ。

「ママ、ちょっと聞いた？」

「今夜デートでしょ。ルール違反よ」

「いいでしょ、ママ。ヤンキーからお店守ってくれたじゃない」

「仕方ないねぇ。逆ナン成功ってとこね。千古が相手じゃ、会話に困るんじゃない？」

「そうよね、どうしておれなんかとお茶してくれるんだろう」

「知らないよ。何？　海野玄太郎？　怪しいねぇ」

「ママはくやしいんでしょ。千古に彼氏ができて」

「誘拐だよ、どこかへ売られて、麻薬なんか打たれてさ」

「そんなんじゃないよ、マクドだよ、人いっぱいいるんだぜ」

「なんでマクドなんだよ。もっと静かなとこあるでしょ」

町に古くからある喫茶店は徐々に店を閉め、「モンゴル」と「小川堂」くらいになってしまった。フライドチキンとかモスバーガーなどの外資系店舗がふえ、お替り自由の簡易コーヒーが八〇円で提供される時代となった。近々、スターバックスも進出してくるらしい。

「だって、おれマクドしか知らないもん」

「相手は、おじいちゃんだからといって男なのよ。男はいつも狼なんだから」

「あの人、おじいちゃんじゃない」

「じゃ、青年なの」

「としは関係ねぇだろ。好きな人は好きなんだから」

「千古のようなチャランポランな娘は、すぐ好きになって捨てられて、ボロボロになるのがオチ」

「おいら、ボロボロになってもいいもん」

「ボロボロならまだいいけど、腎臓は腎臓、目ン玉は目ン玉、バラバラに切りとって売られたら、どうする」

「へえ、そんなの、売れるんだ」

「秘密のルートがあるのよ。怖いでしょ」

「怖いけど、あの人はそんなんじゃない」

「どうして判る？」

「目よ。目を見たんよ。きれいな目してたもん」

「あんなどんぐり目が？　それに、いっつも目つむってるじゃない」

「目のなかの黒い球が、おいらを見て広がったんだぜ。マジ、おれを好いてる証拠じゃない？」

「瞳孔が広がると、好いてるの？」

「どうこうって何？」

「目ン玉の黒いところ」

「そうよ、そこ。その黒いところが広がるのは相手をよく見ようとしているんだよ。好きな人だとそうなるんだ」

「へえ、誰に聞いたの？」

「夜学よ」

「ナナって、案外、嘘吐きなんだよ。知らなかった？」

「心理学の先生が言ってたんだって」

「心理学って、いい加減なものよ。マインドコントロールだって出来るんだから」

「何よ、それ」

「人の心をあやつれるのよ。どうでもいいけどさ。それにしても、あの体格が曲者ね」

「どしてママは、おれの恋の邪魔ばっかすんのよ」

「笑わせちゃいけないよ。恋ってのはね、人にペラペラしゃべるもんじゃないの」

「へえ、そうなんだ。じゃママの恋って、どんなのさ」

「いいから、いいから。いってらっしゃーい」

「カトレア」の日は暮れ、雨が降り出した。

夜八時過ぎ、玄関の鍵をかけて、千古は赤いいちご模様の入ったビニール傘を開いた。傘は客の忘れ物を借りている。

ヘッドライトが玄関に向かって進んできた。今頃、だれ？　閉店だよ。千古は舌打ちして車から降りる影に近づいた。

「ちょうど良かった。お乗りなさい」

玄太郎だった。

「迎えに来てくれたの？」

運転席の横に座って、彼女の胸は躍った。まるで、どこかの国の王女様にでもなった気分だ。

マクドでは千古が先に立った。制服のスタッフたちは、今まで見たこともない大きな男の出現に驚きを隠し切れないようだった。

二人は四人掛けのコーナーに陣取った。店内は若いカップルや家族連れで賑わっている。

「ちょっと待ってね」

玄太郎に声をかけてから、千古はカウンターに向かう。黄色の地に、黒いジグザグ線の入ったトレイ、その上にコミックキャラの人形が五、六人踊っている絵の入った敷紙が一枚乗せてある。

氷水が入ったコップが一つ、Sサイズの紙コップに入ったホットコーヒーが一つ。あとはフレッシュ、スティックシュガー、細いマドラーが一つずつ載っている。

「はい、どうぞ。あたいのおごりだよ」

「ありがとう。あなたの分は？」

「すぐ忘れるのね。千古よ、玄ちゃん」

「では千古さん。玄ちゃんはやめてくれませんか、玄太郎です。」

「いいから、いいから。ここはね、お代りが自由なの。玄太が飲み終ったら、ぼくが取りに行ってくるから、二人分で八〇円、いいでしょう」

「最初から二人分買ってはいけませんか」

「だって、ぼく百円しか持ってないもん」

待っておいでなさい、と玄太郎は立ち上がった。

「はい、これが千古さんのコーヒー、チーズバーガーも一個あります。お腹すいてるでしょう」

「すいてる、すいてる。玄太郎の分は？」

「私は夕食を済ませましたから」

「ぼく、ペコペコなの、どして判ったの？」

「勘です。それより名前の呼び方が気になりますね。私はあなたを千古さんと呼ぶ。あなたは私を何と呼ぶか統一してくれませんか」

「とういつ、って何？」

「いつでも同じ呼び方にするのです」

「うーん、そうだね。むつかしいけど、それがいいの？　じゃ、玄太郎か玄太、それか玄ちゃん、玄公、玄の字、どれがいい？」

「玄太でいいことにしましょう」

千古はバーガーに大口開けて喰らいついた。彼女には玄太郎が、ママが言ったような怪しい人とは思えなかった。けれどコーヒーは一人分のお代りで十分だし、夕食は三角部屋でケーキをお腹一杯つめこめば、それでよかった。無駄なことだわ。

「ぼくが誘ったんだから、ぼくのおごりでよかったんだよ」

「この店が困るでしょう」

「よくいうよ、玄太。毎日毎日二百八〇円のコーヒー一杯だぜ。それで二時間もウチの店でねばられたんじゃ、世話ないぜよ」

「これは参りました」

玄太郎は、あっさりかぶとを脱いで、話題を変えた。

「立ち入った話になりますが、千古さんは生活に困ってはいませんか」

「困ってないぜ。おれ寝るところあるし、給料出るし、風呂屋も毎日行ってるし」

彼女のＴシャツは洗いざらしで、プリントのスヌーピーの鼻が消えかかっている。ジーンズの短パンで、裸足によれよれのスニーカーだ。

「スヌーピーが好きですか」

「あ、これ？」と彼女はシャツのすそを引っぱって見せた。

「これはもらいもの。ルームのねえさんたちがくれるの。スヌーピーでもミッキーでも何でもいいの」

「よく似合っています。千古さんは何でも似合いそうです」

「ホント？　うれしい」

彼女は、はじめて素直に本音を言った。玄太郎はまた少し話題を変えた。

「千古さんは、この町から出たことがありますか」

「ねぇよ。ちっちゃい時にここへ転がり込んでからそのまま。九州のどっかから流れてきたらしいんだ。父ちゃんと二人でね。一〇年ほど寝た切りで、そのうち死んじゃった」

「お母さんは」

「九州で死んじゃった。ぼくが赤ちゃんの頃らしいんだ」

「それでは、ひとりぼっち？」

「ひとりぼっちじゃないよ、ぼく。店の姉ちゃんたちもいるし、玄太という恋人もできたしさ」

「それは光栄です」

彼は表情を変えないで言った。

「こうえいって何？」

「ありがたいとか、私には勿体ないとか、身に過ぎた栄誉だとか、めったにないことだとか」

「よけい、むつかしいぜ。けど、ありがたいとか、めったにないことって、ホント？」

「ウソです」

「やっぱり」と千古は、しょげた。

「恋人というのは、ウソでしょう」

「自分で勝手に思ってるのは、いいんじゃない？」

「次の休みは、いつです？」

玄太郎は、また話をそらせた。

「日曜日は定休日。明日はシフトないから休み」

「休みの日は、どうしてますか」

「三角屋根で寝てる」

「明日の火曜日、私に付き合ってくれませんか」

「えっ、それって、ぼくを誘ってるの？　どこかへ売り飛ばそうってわけ？」

「何の話ですか」

「ママが男の人は油断がならないから、気を付けなって。だって玄太のこと、何も知らないもん」

「何も知らない人が恋人ですか。私のこと気になりますか」

「べつに。はじめは、やばい人かなあって思って、それから怪しい人かなあって思ったけど、今は、わりとやさしい人って判っているから。だいたい店の者どもが、みんなしてこわがらせるのよ。人さらいだとか、ヤクザだとか、ヤク打たれるよとか、腎臓や目ン玉くり抜かれて売り飛ばされるよとか」

「ハハハ……」玄太郎は白い歯を見せた。

「私は、どんな人なんですかねえ」

「毎日バスルームでシャワー浴びて、スーツもシャツも何枚も持ってて、毎日着換えて、奥さんがごはん作ってくれて、前はプロレスかボクシングやってて、お金持ちで、とか。ママはヤクザの用心棒とか言ってたけど、ぼくは、そんなんじゃないと思うけどさあ、よく判んない」

「千古さんは、どこか行ってみたい所がありますか」

「いつよ」

「明日にでも」

「エッ？　連チャンでおいらとデート？」

「イヤですか」

「イヤじゃないけどさあ」

千古は一度、大阪へ行ってみたかった。にぎやかで、広くて、きれいなものがいっぱいあって、見るだけで楽しくなりそうだった。

「大阪のしんさい橋」

「明日の朝、迎えに来ます」

「エッ？　車で？　大阪まで？　大丈夫？」

「大丈夫です。日本中を車で走ってましたから」

「やっぱり。プロレスの試合か何かで」

「プロレスじゃないです」

「大阪で何するの？」

「買物はどうです、服とかパンツとか」

「奥さんの？」

「妻は、いないです」

「子どもさんらの？」

「子どもも、いないです」

「ひとりぽっち？」

「ひとりぽっちです」

「寂しくないの？」

「千古さんは寂しいですか」

「ううん。寂しくない。玄太という友だちもできそうだから」

「友だちですか？」

「じゃ、やっぱり恋人？」

玄太郎は答えず、立ち上がった。

「送って行きましょう」

何か悪いことでも言ったのかと、千古は彼の後を追った。


朝。迎えに来た玄太郎の車に乗った。

昨夜は、ゆっくりと町の風呂屋で汗を流した。洗ったばかりの、白地に墨でなぐったような模様のあるTシャツに、綿の短パンをはいた。この服装で、大型の新車らしい車の、それも玄太郎の横に乗るのは気が引ける。

高速にのって、西へ向かったところまでは覚えている。その後は、どこをどう走っているのか見当がつかない。外の景色は飛ぶようで、それでも新幹線にはかなわないとか、ひょっとしてこの人は、わたしをどこかにおいてけぼりにしてしまうのではないかとか、しんさい橋ってどんなところだろうかとか、考え続けていた。

車が大阪に近づくと、車線が四つも五つもある道路が上がったり下がったり、ぐるぐる回って、空が曇ったかと思うとトンネルだったり、そこを出ると急に二車線になったりした。着いたところは、これも、どことも知れない地下の駐車場だった。

心斎橋筋は花のようなショウウインドウが並び、きらきらした人の波がゆれていた。

「少し休憩しませんか」

そうだ、わたしは途中のパーキングで用を足し、二人で紙コップコーヒーを飲んだだけだ。玄太はほとんど休んでいない。それは気の毒ではないか。

一階が宝石店、二階がシャレた喫茶店で、和洋のスウィーツがそろっている。「しずや」の看板がかかっていた。

千古は軽い疲労を覚え、二階の窓際に席をとった。きれいで、スマートな女性がオーダーを聞きにきた。

「何がいいですか」玄太郎は千古に、確かめる。

「何でもいいの？」

メニューには、今まで食べたこともない種類のスウィーツが並び、選ぶのに困る。

「じゃ、これ」と、フルーツチョコパフェの絵を指で押え、玄太郎はブレンドコーヒーを注文した。

「玄太は何も食べないの？」

「買い物をしてから、お昼に何か食べましょう」

「お金は大丈夫？」

「大丈夫です」

「悪いなあ」

「心配いりません」

「玄太にじゃないよ。ウチのみんなによ。どして、わたしだけなの？」

「最初に誘ったのは千古さんだから。それにマクドのコーヒーおごってくれたし、そのお返しです」

「マクドは八〇円。ここのメニュー見なかった？　ブレンドがいくらするのか知ってるの？」

「知りません」

「七百円よ。ウチのは二百八〇円。いくら何でも高くない？」

「高いですね。ここは一等地ですから」

「ショバ代も入ってるんだ」

「店の名前もブランドですから」

席の窓から下の通りが見える。ひっきりなしに行き交う人々の流れは色とりどりで、きれいだった。

二人は、あちこちの店を見て回り、買物をした。Tシャツ、ワンピース、中ヒールの黒革の靴、ジーパン、スカート。それだけで紙袋が三つにもなった。最後の店でグレイの夏帽子を買った。大きな袋に一まとめにしてくれた。

「持ってあげましょう」

「いいよ、これくらい。こんなにたくさん、大丈夫？」

「大丈夫です、軽いから」

「お金のことよ」

「私には他にこれといって使い道もありませんから」

それ以上、聞くのは遠慮した。けれど、何となくうれしくなって、千古は通りの真ん中を、人の群を縫うようにして歩いたり、走ったりした。人々は誰も振り返らず、みな自分自分の道を急いだり、窓の前で立ち止まったりしていた。大きな百貨店が二つ並んでいる、その前を通るだけでワクワクした。

いつの日か、また来る日もあるだろう、などとは考えなかった。これが最後の、そして人生最大の楽しい時を、今過していると、千古は感じていた。

百貨店を過ぎて、次の通りに差しかかったとき、若い男がひとり、近寄ってきた。青い上衣に白のパンツ、おとなしそうな顔付きをしている。画板のようなものの上に、何枚か用紙が重ねて置いてある。

「お嬢さん、ちょっといいでしょうか」

物言いは丁寧で、にこやかな感じ、近寄り難い気配はどこにもない。

千古は黙って立ち止まった。

「アンケートに答えてもらえませんか」男は、ボールペンをにぎった。

「まず、おいくつですか」

「これ何にするの？」

「新しい商品を計画中で、お客様のニーズ調査をしています」

黙ったままでいると、今欲しいものは何ですか、どんな仕事が好きですかとか、聞いてきた。住所はとか、名前はとかも聞いてくる。千古は「人さらい」「麻薬」、カトレアの仲間の声が聞こえたように思った。

「こんな仕事があるんですがねえ、やってみませんか、お金になりますよ」

男は耳元で言った。千古は恐くなった。玄太はどこ？　千古は素早く、あたりを見回した。あ、いた、いた。力強い味方、玄太郎は若い男のうしろに立って、上から見下すように話を聞いていた。

「ちょっと、そこまでいきませんか」

若い男は千古のTシャツの袖を引こうとした。玄太郎は脇から入って、男をさえぎるように正面に立った。一言も発せず、男の目を見詰める。

「あ、お連れさんが、いらしたんで」

男は駆けるように人込みに紛れた。

「何なの、あいつ」千古は、むくれた。

「仕事の斡旋人ですね」

「あっせんって何？」

「働き口を紹介して金にしているんでしょう。法律違反ですね。仕事を紹介できる人は職業安定所の職員、学校や施設の進路指導主事の先生などと決めてあるのです。今のは本当に人さらいかも知れませんよ。」

「やっぱり」

大都会の華やかさの陰に、怖さがあると、彼女は実感した。

「千古さん、疲れませんか」

少し足がむくんできたようだった。

「肩車って知っていますか」

「知らない」

「試してみますか」

「オッケーよ」

玄太郎は紙袋を下に置くと、千古の腰のあたりに手を回した。何するの、という間もなく彼女は玄太郎の肩の上に乗せられていた。お父さんや、おじいさんが子どもや孫にやってみせる、あの肩車なのだが、今までやってくれた人は誰もない。

不思議と恥しさはなかった。背の高い男の肩に乗って、一段と高く、道行く人が下の方に見えるのは妙な感覚だった。玄太郎は彼女を乗せたまま、ひょいとかがんで紙袋を拾い上げた。

この雑踏のなかで、こんな遊びができるなんて。空中で、はしゃいでいる自分を発見して、千古は上機嫌になった。ワーイ、ワーイ、少しくらい暴れても、肩の男は、ふらついたりしない。ガッシリとして大舟に乗っているようだ。

三つ目の通りの角にある「小倉屋昆布本舗」の隣に「心斎橋派出所」と、銅版の看板がかかっていた。虹の形の半円に字が刻まれ、正面の上方におさまっている。

制服の若い巡査が、人ごみをかき分けて走ってきた。

「ちょっと、あんたら、こっち来て」

今度は玄太郎が袖を引かれた。

やばい、警察やわ。こんな二階建てみたいな、人一人分、からだを空に突き出して、道の真ん中を歩いている怪物を見逃すわけはないわ、と千古は悔やんだ。

派出所の間口、一間。ドアは半間。上の桟まで一間。千古を下ろしても玄太郎は身をかがめなければ、通れない。

事故か事件の処理が終った直後でもあるらしかった。書類を机に散らしたまま、三人の巡査が窮屈そうに丸テーブルを囲んで、茶を飲んでいる。署内は、いっそう狭くなった。

「何やね、こいつら」

階級が一つ上らしい、鼻下にヒゲのあるイカめしい中年男が立ち上がって、玄太郎を見上げた。

「ハイ、この者ら、肩車をして歩いておりましたので、危険と見て、引っぱりました」

おい、おい。たてになるよりよこになるほうが、この雑踏のなか、もっと危いんじゃねえのかよ、と千古はプリプリした。

「住所、氏名は？」

ヒゲの男は横柄に言った。あとの二人の警官は玄太郎と千古をとり囲むように立っている。こんな大男に暴れられたら、手が付けられないとでも考えて、身構えたのかもしれない。

「言えません」と玄太郎は答えた。

「何、言えん？　何でや」と、ヒゲがたたみかけた。

「秘密にお嬢様を、お預かりして遊んであげているからです」

「なに？　秘密？　お嬢様？」

千古も驚いた。いつの間にか、お嬢様になったらしい。

ヒゲは千古の方を向いた
「お前、お嬢様か？　年齢はいくつや」

「じゅうさんさい」

「なに？　一三歳？　学校はどこや？」

「しょうがっこう」

「どこの小学校やと聞いてるんや。こんなヒネた小学生がおるか」

悪かったわね、ヒネてて。確かに嘘をついた。小学校は行っていなかった。幼稚園も行っていない。じゃあ、赤ん坊だ。赤ん坊の肩車だ。どこが悪い。

「いよいよ怪しいやっちゃ。お前ら、ここへ座れ」

ヒゲは玄太郎を丸椅子に座らせるために、肩を押さえようとしたが、手が届かない。

「貴様、どこのやっちゃ」ヒゲは部下の手前、後に引けなくなった。

「その前に、所轄の署長さんを呼んでいただけませんか。たしか南署でしたか」

「なに、署長？　署長は関係ない」

「うちの組長と署長さんは昵懇の間柄なものですから」

「なに？　組長？」

ヒゲはギョッとしたようだったが、態勢を立て直した。

「今どき、組など解散して、もうないわ」

「それが元組といいますか偽装解散でして、社名変更みたいなもので、おや、ご存知ない？」

「もと、どこの組ですか」

　ヒゲの語調が変った。厄介事に巻き込まれるのは、まっぴらだと思ったらしい。

「ですから、組長のお嬢様をお連れして、遊んできてくれ、と命じられまして。くれぐれも秘密にして組の名を明かすなと。何しろ今、ある組と水面下で抗争中なものですから、お嬢様に万一のことでもございますと、所轄の署長さんにも迷惑が及びましてもと存じまして」

「判りました、判りました。もういいですから出て行って下さい」

「あの、私たちは、どんな法律に違反しているのでしょうか。参考のために教えていただけないでしょうか。道路交通法違反だとか、軽犯罪法違反、それとも公務執行妨害罪だとか」

「もういいです、いいです。どうか、お引き取りを」

「実は私、前に罪を犯したことがありまして」

「何？　前科がある？　どういうことです」

　ヒゲは俄然、興味を示した。

「ハイ。新世界の或る食堂で食事をしておりました。子ども連れの、ご夫婦が隣に腰かけておりまして、その子どもさんが何かの拍子に泣き出しました」

「それで」

「ハイ。そのまた隣におりましたチンピラさんが、うるさいっと足を蹴りました」

「だれの足をです？」

「いえ、机の脚で」

「それで」

「これは素人衆に、ご迷惑だとチンピラさんをつまみ出しました」

「チンピラさん、いや、そのチンピラは何人です」

「三人で」

「年齢はいくつぐらい」

「高校生で」

「いつの話ですか」

「私が中学生でした」

「何十年も前でしょう。それでどうしました」

「うるさいので、一人ずつ押さえて、ガムテープで口をふさいで、後ろ手にして柱にくくりつけました」

「それで」

「店のマスターが一一〇番しまして、パトカーが来ました」

「悪いのはチンピラやないか。それが何で貴様が、いや、あなたが前科になるんです」

「机を一つ、こわしましてね」

「机ですか」

「手に触れたのが食卓でして、チンピラさんに向かって投げますと、壁に当たってバラバラになったもので、向うさんは戦意をなくしました」

「器物損壊ですな」

「チンピラさんと一緒に署に連れていかれまして、調書をとられました」

「それで、どうなりました」

「一晩留められまして、翌朝兄貴分の若頭が来てくれて、釈放です」

「罰金でも払いましたか」

「未成年なもので、おとがめなしで」

「そんなのは前科やない」

「いえ、私どもの世界では留置場に泊まった回数を勘定しますもので、マエイチとなりますもので」

「中学生なら学校へ連絡がいったでしょう。前科でなく、非行というのです」

「若頭が話をつけに行ってくれました。スポーツをやってたものですから、内々にすませてくれました」

「どんなスポーツです」

「剣道と柔道と空手です」

「何だって？」

「府の中学生大会で柔道は一位、剣道は二位でした。高校のインターハイでは、どちらも全国二位でした」

「い、いまもスポーツを？」

「柔道と剣道は師範、空手は五段です」

「判った、判った。もういいから、お引き取り下さい」

「いえ、交番長さんには迷惑をかけましたので、せめて一晩くらいは留めていただかないと、親分に叱られます。お嬢様は誰かに迎えに来ていただくことになりますが」

「もういい、もういいです」

ヒゲは戸口の方へ二人を押し出すような仕草をした。


「面白かったわねえ。あれ、ほんと？」

千古は、うれしがってはしゃいだ
「嘘です」

「エッ？　うそ？　紳士でもうそをつくの？」

「嘘も方便、時と所で嘘も許されます。それにスポーツについては半分本当です」

「半分って？」

「実は全国大会より、もう少し上です」

「じゃ、アジア大会？」

「オリンピック出場選手を決める最終選考会までいきました」

「エッ？　オリンピック？　すっごい。種目は何？」

「レスリングのヘビー級、最終戦で足を故障して選手団候補から、はずされました」

「それでも、すっごいじゃない。それでヤクザの用心棒になったの？」

「いいえ、平凡なサラリーマンになりました。それより、千古さん、お腹空きませんか」

「腹ペコだよ、わたし」

「お嬢様が、そんな下品な言葉を使ってはいけません」

「ハイ、親分、お腹がお空きになりましたでございます」

「お嬢様、何を召し上がられますか」

「うなぎどんぶり」

「千日前のかねよにいたしましょう。すぐそこですから」

「かねよ」は空いていた。近頃は「王将」「吉野屋」「回転寿司」やファミレスなどが若者には人気なのだろう。二階へ上がったが、客は一人もいない。

千古は、うなぎ丼を一度食べてみたかった。うなぎは海の中にも棲んでいて、沿岸か河口では網にかかる。千古の故郷でも時々あったらしい。長いニョロニョロの生き物がとれた話を、父から聞かせられた記憶がある。

腹開きにし、炭火で焼き、タレをつけると、どんなにおいしいかと聞いたような気がするが、食卓に乗ったのを見た覚えはない。

「特上、上、並とありますが、どれにしますか」

「下はないの？」

「ありません」

「じゃ、並」と彼女は即座に言った。

「添え物は何にしますか」

「何があるの？」

「赤ダシ、赤味噌を使った味噌汁、あと吸物では肝吸、うなぎの肝が入っています。これがおすすめ。コリコリして、おいしいです」

「じゃ、きもすい」

かすりの着物に、頭に手拭を巻いた中年の女性が注文をとりに来た。前掛けの左端には、うなぎが尾を少し曲げ、上方に泳いでいる絵が刷ってある。

「まむし特上二丁、肝吸二丁」

　女性は枯れた声で、厨房へ通した。

「まむしって、そんなん頼んでないっし」

「うなぎのタレを、ご飯にまぶしてある、そこからまむしっていうのでしょう。カバヤキというのもあります」

「特上って頼んでないっし。カバヤキとかマムシとか、キモとか、なにか食欲なくなんない？」

「まあ、いただいてごらんなさい」

「あれっ？　うなぎってどこにいるの？」

　千古は漆塗りの箱のふたをとりながら、首をかしげた。

「ごはんの中に、はさんであるのです。どんなかば焼きが出てくるか、楽しみでしょう。大阪商人の智慧でしょうかねぇ」

　まむしは本当においしかった。大阪に来てよかった。肝は、ぬるぬるして気味悪かったが、嚙むとコリコリして、やみつきになりそうだった。お汁もダシが良く利いていて、最高。

　大きな湯呑茶碗に香ばしい茶が出た。のどをうるおすと、ごはんとうなぎ、肝とすましと茶の味が素敵に混じり合った。大阪の人は幸せだなあ、と彼女はつくづく、うらやましくなった。

「いかがでしたか」

「全部食べちゃった。わたし、うなぎ屋になる」

「それは良かった」

全部食べたのが良かったのか、うなぎ屋になる目標が良かったのか、きっと二つともなんだ、と千古は思った。

帰りの車が走り出すと、千古は口を閉じた。疲れているのは玄太郎の方だ。二度と話しかけないようにしよう、と口にチャックをする仕草をした。

「あさってくらいに、また会えませんか」

「エッ？　何で？　何なの？」

昨日から驚きの連続だった。今は玄太郎の方から誘ってくれている。自分にどんな魅力があるというのか、訳が判らない、と千古の警戒心がまた少し顔を出した。

「わたしをナンパしてるの？」

「ちょっと相談に乗って欲しいのです」

「どうして、わたしなの？　わたし何も知らないよ」

「知らないからいいのです。ソクラテスも言っています。無知こそ知なり、汝自身を知れ」

「何よ、それ」

「とにかく会って話がしたいのです」

「いいよ、時間はいくらでもあるし」

「じゃあ、あさっての夜の八時半、おとといのマクドで。今度は歩いて行って下さい」

「いいよ、近いし」

誰にも秘密にしておこう。あさっては昼から仕事を誰かに代わってもらって、風呂屋に行ってこよう。仲間から、いろいろなものをもらっている。それは断れないが、相厳寺の坊主どもからの差し入れは迷惑だ。

自分から進んで里子になったのでも、養女になったのでもない。だから仕送りするというのも、全部ことわっている。とにかく一人で生きていくと決めたんだから。それがわたしの目標。

「あっ、忘れた」

「何をですか」

「仲間たちへのおみやげ」

「先のパーキングエリアで買いましょう」

行きの時に使ったパーキングだった。同じように少し休んでコーヒーを飲んだ。

「買ってきましたよ」

玄太郎は抜け目なく、みやげを買いに行ってくれた。

「何なの？　それ」

「タコせんべいです」

「タコって、明石じゃなかった？」漁師の娘だ。それくらいは知っている。

「そうでしたね、どうしましょう」

「明石に行ったことにすれば、いいのよ。嘘も方便」

「そうでしたね」

あさっては、今日買ってもらったシャツやパンツも靴も、全部身につけていこう。千古は笑いを噛み殺した。玄太郎からのプレゼントは、何でもうれしいのだから、困ったものだと、今度は自分が嫌になった。

二人は、マクドの席に座っていた。

玄太郎に何の話があるのか、相談って言ってたけど、そんなのはどうでもよい。

フィッシュバーガーが一つと、コーヒーが二つ、テーブルに乗っていて、玄太郎が一緒にいる。それだけで、千古はもう満足だった。

時間通りに来たはずなのに、玄太郎を待たせるなんて、ちょっとばかり悔やんだけれど。

「実はね」と玄太郎は切り出した。

「千古さんは一人で暮しているから、どうしてかと思って、相厳寺の山本住職に会ってきました」

相厳寺？　山本？　何よ、それ。千古は胸の鼓動が高くなった。憤慨のためである。

玄太郎は「しまった」と思ったに違いない。彼は口をつぐんだままでいた。

三　少女の進路

父の死とともに、児童相談所と市の福祉課が協力して里親を探し、山本夫妻が引き受けた。千古は里親と一緒に暮すのも、小学校へ通うのも拒んだため、近くの病虚弱児施設「東びわこ学園」に入所する。

寮があり、不登校の子どもたちも入園していたから、しばらくは学園で寝泊りし、そこから学校へ通えるようにするのが、大人たちの当面の目当てであった。

山本夫妻は彼女が一八歳になれば、施設入所の期限も切れるし、養子縁組によって養女にするつもりでいた。今は幼くて、一人で身の処し様もないであろうが、いくいくは婿を得て、寺を継がせたい。うまくいくかどうかは仏縁次第である。

千古の性格までは不明であったが、一目見て、可愛らしくて、しっかりしていて、住職夫妻は、すぐに里親を引き受けた。

千古は何が何だか判らないうちに、寝る所と食べ物さえあればと、首をたてに振った。

北小学校への入学が決まり、ランドセルや教科書、教具類が届いたが、学校へは行かず、寺で寝泊りするのも嫌で、学園と寮で毎日毎夜ゴロゴロしていた。

山本夫妻は気長に待つことにした。そのうち何とかなるであろう。回りの者が、あれこれと心配すればするほど、彼女にとって彼らは、うっとうしい存在になるであろう、と住職たちは判断した。

亀厳は人の好さそうな童顔で福々しく、誰にでもにこやかに応対した。

仏の道は説いても、子宝に恵まれないのは己の不徳の致すところと、日々仏道修業に励んでいる。坊守である妻の伸子は、やさしく、つつましく文字通り寺を守り、夫の代役もよく果した。

伸子もまた、千古を学園に任せて、強いて登校をうながしたり、寺に置こうとせず、自由にさせた。それが良かったのか、悪かったのかは判らない。

問題は檀家の人たちの方にあった。

寺を継ぐのは男性の長子と決まっている。それをこともあろうに、女の子を里子にも養子にもしようなどとは、腑に落ちぬ話ではないか。檀家総代は、いきり立ち、長老たちが「まあ、まあ、まあ」ととりなした。

千古は考える。人間は一人で生きていける。みんな一人ぼっち。学校なんか行かなくったって、どうってことないわ。今までだって、食べ物も着る物も、住む所も不自由しなかった。父が病気で寝ている時も、生活保護費で十分やっていけた。

近所の、おばちゃんたちも面倒を見てくれた。買物もしてくれたし、おかずのおすそ分けもしてくれた。テレビもなく、ラジオも絵本もなく、でも寂しいとは思わなかった。それが久保田千古にとって自然の、日常生活だった。

父親の千造が亡くなった頃から、人の出入りがふえた。千古を児童保護の対象として、公共の職員たちが入れ代りやってきた。相談所の指導員が来ても、学校の先生が来ても、通学の話だと「出ていけ」と言った。

学校へ行くのを強制されるのは、ご免だ。みんなと一緒になるのは何となく恐い。寺にもらわれて、学園に預けられ、仕方なしに生きている。漁師の子だったといっても、船に乗った覚えもない。いつもゆり籠のようなものに入れられて、ギャーギャー泣いていた記憶はある。

九州あたりから流れてきて、友だちもいないが、誰かに迷惑をかけているとも思わない。身の上話も、誰にもする気はないし、するほどのものもない。

玄太郎といえども許せなかった。断りもなく、ノコノコと里親を名乗る坊主の所へ出かけて行って、何を聞き出したのか。小学校も中学校も出ていない無学な女と知って、愛想が尽きただろう。これでお別れ、もう会わない。

一三歳の春、小学校の校長が担任といっしょに学園の園長室にやってきて、北小学校の卒業証書を渡された。亀厳、伸子夫妻も立ち合った。

校長は背の高い男だったが、担任は小一の時の若い男ではなく、中年の、いかにもベテランという感じの女だった。そういえば担任は毎年のように入れ替わって、それでも年に何回かは会いに来てくれていた。

なんで？　一度も学校なんか行ってないのに、なんで卒業証書なんかくれるの？　千古は訳が判らなかった。校長は学校の先生の訪問も、学園での生活時間も出席日数に入れてある、と説明した。

へえ、そうなんや。けど、そんな紙切れ、何の役に立つん？　わざわざ持って来て、やろうというものを断るのも面倒くさい。ここはおとなしく、もらっておいてやろう。

中学校を卒業する時は、学園とも寺ともおさらばして一人立ちするつもりでいたから、同じように卒業証書を渡されて、かえってせいせいした。

大人というものは、いろんな手を考えるものだ。義務教育だけはイヤでも修了させておきたいのだ。そうでないと先生らが困るのだ、と千古は納得した。

里親夫妻は熱心に進学を薦めてくれたが、今さら高校でもなかろうと、むくれた。勉強もしていないのに、ついて行けないのは判り切っている。高校に行ったとして何になるか、また学校の話かよと、うんざりして寺を飛びだし、職業安定所に行った。一五歳の春だった。住職が庫裡の横の物置を改造して、千古専用の部屋を造った。それも今は意味のないものとなった。

「やい玄太、お前さん、なめるんじゃねえぜ。坊主が何を言うたか知らねえが、おれに黙って、そんなとこへ行って、みっともねぇと思わねぇか」

彼女は玄太郎を見上げたまま、喰ってかかった。彼は、その勢いに呑まれたようにマクドのテーブルの横に立ったまま、頭を垂れていた。

「坊主どもから何を聞いたんや、正直に吐いてしまいな」

「はい、いえ、あいさつをしただけで帰ってきました」

実際のところ住職は、何も話さなかった。見知らぬ大男が突然現れて、一言自己紹介をしただけで養女の身の上について、ペラペラしゃべるような人物ではなかった。

「お知り合いなれば、娘に、元気でいるようにとお伝え下されば、有り難いことです」

亀厳は数珠を、まさぐりながら言った。傍の伸子は「貴方様が仲立ちしていただいて、これからも、あの子の話を聞かせていただければ」と頭を下げた。

その時の模様を伝えようとして、玄太郎は千古に先を越された。

「もう、さよならよ。今日は割勘だからな」

千古は百円玉を二つ、テーブルに置いて、そのまま店を出た。

いくら嫌いな、あの坊主でも初めての者に、おいらのあることないこと、しゃべるはずはなかろう、と思わないではなかった。その夜は、たぶん彼女の虫の居所が悪かったのだ。


「ママ、どうしよう。今日から玄太が店に来なくなる」

朝、千古は陳情した。

「ひどいこと言ったんでしょ」

「もうさよならよ、って」

「それはヤバイよ」広子は豪快に笑った。

「ママ、どうしよう」

「大丈夫、大丈夫。可愛い千古ちゃんに何か言われたくらいで、常連やめるなんて、大した客じゃないしさ。そのうち、ふらっとやって来るよ。そん時に、あやまったら、それでおしまい」

「そうかなあ」

「来て欲しいんだろ」

「そんなことない」

「じゃ、ほっときな」

「わたしが一人ぼっちだって言ったのが、はじまりよ」

「それがどうして、さよならになるのよ」

「あの坊主んとこへ、勝手に行ったんよ」

「いつまで、そんなこと言ってるわけ？　坊主、坊主って。あんたを助けてくれた人でしょ。

時どき、どうしてますかって、電話してくるのよ、感謝しなくっちゃ」

「そう簡単には、いかないのよ」

「あの紳士に隠さなきゃなんない秘密って、何かあるの」

「べつに」

「和尚さんに、あの人、何か千古の悪口言いに行ったの？」

「わかんない」

「じゃ、何で行ったのよ」

「わかんない」

「それを聞かないで、さよならもないでしょ」

「そりゃ、そうだけど」

「さよならって、千古が言ったんでしょ、彼が言ったんじゃないよね」

「そう、そう。そうなんだよね」

「なら、もう来ないかもね」

「ママ、一体どっちなのよ」

「何が問題なの？」

「おいら、字も書けないし、計算もできないし、玄太とは釣り合いがとれないんだよ」

「彼と付き合うつもり？」

「そんなんじゃない。わたしなんか相手にしてくれないに決まってる、ってこと」

「今度来たら、もう一度お茶誘ってみてごらんよ」

「いやだよ。断られたら、それこそ最後」


小説家のやすえが、さっそうと出勤してきて、モーニングセットの準備にとりかかった。

「来ない方に賭ける」

やすえは断言する。

「なんてこと言うの？」

ママは憤慨して見せる。

「だって千古がいけないんじゃない。絶好の恋人を逃がしたんだから」

「恋人じゃないぜ、あこがれの人だよ」

「そんな人に嫌われるようじゃ、千古もおしまいね」やすえは追い打ちをかけた。

客が入り出した。

クーラーの利いてきた空気を、天井の三枚羽の大型扇風機がゆっくりとかきまぜている。CDのオーデイオが、カーペンターズの「イエスタディ・ワンス・モア」を低く流している。

「ほうら、来たわよ、憧れの人」

やすえは、フロアからかえって来た千古に告げた。

八時きっかりに、玄太郎は何事もなかったかのようにドアを引いた。

「ウソ、ウソだろう」

千古は、カウンターの奥に隠れた。

「やすえ、あんたの負けだよ、罰金だよ」

ママは笑ってから、千古に「面白くなったじゃない、千古。それそれ、急いで急いで。オーダーだよ」と、急き立てた。

千古は観念したが、何を言うべきか迷った。玄太郎の心の中が読めない。

「ご注文は？」

いつもなら、改めて聞くまでもなかった。玄太郎はメニューのブレンドコーヒーを黙って指で押さえた。

「かしこまりました」

「あの、ちょっと」

そら来た。千古は身をすくめた。

「千古さん、今夜、お茶はどうですか」

「エッ？　ホント？」

彼女は思わず声をあげた。昨夜のことなど、忘れたように彼は、あくまでまじめだった。

「いいけど、いつ、どこで」彼女は反射的に答える。

「八時半に迎えに来ますが、いかがですか」

いかがですか？　そんな言葉、今まで誰からも言われなかった。大物であるらしい玄太郎から誘われて、これを断るようでは、わたしの誇りに傷がつく。千古は再びデートの約束をさせられる破目になった。


城堀町の信号を左に曲がって、左右にまだところどころ田圃の残っている道を南へ行くと、次の信号が見えてくる。その角に、クラシックカフェ「モモ」はあった。

柱も天井も太い木が使われ、ツヤのある木目が浮き出ている。「カトレア」とは、ずいぶん違うものだと感心させられる。客席はカウンターと一〇席ほどの狭さだ。

ブレンドは四百二〇円もした。シャレた革製のメニューブックには高級オリジナルコーヒーが並んでいる。最高級のブルーマウンティンは七百円もする。高級品を売りにして、生き残りをかけている店のようだ。

「お腹、すいてますか」

ペコペコだったけれど、千古は、やせ我慢をした。「すいてない」

「じゃ、飲み物は？」

「ブレンド」

「せっかくですから、もう少し別のものにしてはどうですか」

「じゃあ、キリマンジェロ」

やけになって、痞高い声を出すと、六百円とあった。なに？　六百円？　これなら一日分の食費に十分あてられる。しまった。ブレンドにしておいて、六百円から四百二〇円を引いて、あとは現金をもらっときゃ良かった。えーと。六百円引く四百二〇円、えーと。判んねえ。

「千古さんの気持も聞かないで、親御さんに会いに行ったのは、まことに申し訳なかった、あやまります」

「あの人ら、親じゃないっし」

千古は、のっけから下手に出られ、戦意を失いつつあった。六百円で許してやるか。それに、この雰囲気、ほんと、恋人同士が来る場所にピッタリ。それに、それに、この大きな紳士を横に見て通り過ぎる人たち、みんな一度は振り返っていく。身長差と年齢差のあるこのカップルを、みんなどう思ってるの？

「坊主どもは、何を言ったんよ」

「山本さんは千古さんのこと、何も言ってはくれませんでした」

玄太郎は今は無職で、出すべき名刺もなかったが、住職はていねいに応じてくれた。

「どなたから、お聞きになりましたか」

「お嬢様の勤め先の店長代理の山根さんから聞かせていただきました」

「どんなご関係で」

「カトレアの客でございます」

「店に勤めさせていただく際の保証人となりました。心配もしておりますが、山根さんとは時どき連絡をとり合い、当分は娘の自由にさせたいと思っております」

「そうですか」

「今は養親となりましたが、元は里親です。ご存知でもありましょうが里親というのは公職でして、里子も色々な事情をかかえておりますから、初めて出会うお方に拙僧から何も申し上げる訳には参りません。何か善意のお志しが、おありのようにもお見受けいたしますが、お察しいただきたいと存じます」

　玄太郎は、たじたじとなった。

「恐れ入ります。私に何か野心があるとか、お嬢様の身の上をあれこれと詮索するつもりも、毛頭ございません。ひょんな事情で友だちにさせていただいておりますもので」

　突然現れた巨漢が、小さく可愛いわが娘について、何を聞き出しに来たのか知らないが、失礼にも程があると、住職が考えても無理はなかった。

「そういう訳で」

　急にこんな所に呼び出して、申し訳ないが、と玄太郎は続けた。

　千古は彼の身体が縮んでいるように見えて、可哀相になった。

「何なのよ、言いたいことがあるなら、言っちゃいなよ」

「失礼ながら、立ち入った話を聞かせてもらうわけになりますが」

「いいわよ、言いたくもないものは言わないから」

「実は、学校についてですが」

「学校はイヤ。学校行ってねぇし、何をするとこだか知らねぇし、ダチもいねぇしよ。それが変な話、小学校も中学校も卒業証書は持って来てくれてよ。あれって何の訳に立つぅっての？」

　玄太郎は悲しい顔をした。

「失礼ですが」

「失礼は聞き飽きたよ。肝心なとこ早く言いなよ」

「読み書きは、できますか」

「バカ言うよ。コーヒーとかケーキとか、うちのメニューは全部読めるぜ」

「カタカナの五十音は、大丈夫ですね」

「五十音って何？」

「アイウエオ、カキクケコって全部で五十字あるのです」

「メニュー以外は読めない」

「ひらかなと漢字は？」

「メニュー以外はダメね」

「小学校の教科書は読めますか」

「バカにしないでよ。読めない」

「新聞は読めますか」

「小学校の教科書が読めないんだから、読める訳ないじゃん。見たことないっし」

「テレビや映画は見ますか」

「見ない。見ても字が出てくるとイヤになるし、人がしゃべってるのも、意味判んない」

「コミックとか、アニメとかは」

「見ない。なんかゴチャゴチャと、うっせいし」

「すると、不自由じゃないですか」

「朝起きて、働いて、食べて、寝て、こんな自由がどこにあるっつうの。ぜんぜん不自由じゃないぜ」

「千古さんは人と話はできますよね。どうしてそんなに上手になったのですか」

「気がついたら話せてた。ちっちゃい時から、父ちゃんや近所の人と話してたからかな。習慣よね。けど大人の話って、時どき意味判んない言葉が出てくるのよね、それが困る」

「不自由ではない？」

「判らない時は、なにそれって聞くし、どうでもよい時は黙ってる。それでも生きていけるもん」

「千古さん、あなた高校へ行ってみませんか」

　とんでもない話だった。

「何よ、学校は嫌いって言ったでしょ。国語も算数もできねえし。レジは暗記して手が動いてさ、あとは機械がやってくれるしさ。ひとけたの足し算くらいはできるけどさ、ふたけたはダメ。引き算は、もっとダメ。何なら試してごらんよ」

「大体、判りました」

「何が」

「千古さんの学力」

「判ったでしょ。高校なんか行けるはずないじゃん」

「行けます。高校へ行ける学力があるって、判りました」

「ウソ、ウソだぜ。そんなはずないじゃん」

　きっと、この人、わたしをだましているんだ。うまい話ばっかして、なんでこんなに、わたしにだけ良くしてくれるの？　やっぱり人さらいだ。

　いつだったか「東びわこ学園」の山村先生が話してくれた、何とかの料理店。変てこな面白い話。その店は客が注文するんじゃなくて、店が客にいろんな注文をするんだ。だんだん怖くなってきて、やめて、そんな話って、泣いた。あれと同じ。

　わたしにうまいこと言って、一人前の娘にして、まさか喰ってしまおうてんじゃないだろうけど、どっかへ売りとばそうってわけなんだ。

「入学試験があるだろ。そんなの受けても〇点じゃん。受かるはずないじゃん」

「〇点でも合格する方法は、あります」

「インチキ高校？」

「インチキではありません。公立高校です」

「こうりつって何？」

「県がつくった学校です」

「ぜぜ高とか彦根北高とか？」

「そうです」

「そんなの無理だぜ、おれには」

「カトレアのみなさんをご覧なさい」

玄太郎は千古の顔を、まともに見つめた。

岡田やすえは小説家になる夢を持って、夜は原稿用紙に向かっている。本も読んでいる。

深見ナナは夜学に通って、バイトをして将来の設計を考えている。ママの山根広子は実際の経営を学んで、ゆくゆくは店の一つも持ちたいと励んでいる。みんな高校を出ている。

「千古さんは、くやしいと思いませんか」

「ぜんぜん」

「全然、思わない？」

「思わねえ」

「条件というのは、それなんです」

「どれよ」

「行きたいと思うようになれば、〇点でも高校へ行けます」

「思えばいいの？」

「そうです」

「じゃ、幸せになりたいって思えば、幸せになれるの？」

「ちょっと違います」

「女王様になりたいって思えば女王様になれる？」

「全然違います」

「思えばなれるって、言ったじゃん」

「それでは言い直します。高校へ行きたい意志があって、義務教育を終えていれば、誰でも高校へ行けます」

「イシって何よ」

「心で強く思うことです。強く思えば物でも動かせるのです」

「超能力？」

「違います。超能力は、だいたいインチキですね。手品です。意志は強く思って行動しなければ何も動かせません」

「じゃ、条件ってのは高校へ行きたいと思うわけ？」

「そうです。それ一つだけです」

「じゃ、じゃあさあ、どうしたら高校へ行きたいと思うようになるの？」

「簡単です。行きたいと思えばいいのです」

「それだけ？　インチキじゃない」

「インチキではありません。人間は夢とか希望とか持たなければ、生きていけないのです。ただ生きているだけでは、動物と同じです」

「おれっちをサルだっていうの？」

「サルに近い生き物ですね」

「じゃ、聞くけどさ、うちのオーナーの佐竹はどうなの？　店ひとつつぶさないとやっていけないって、店をつぶすのが佐竹の希望と目標なの？」

「なるほど、千古さんは賢いから、いよいよ高校進学が有望になってきました。オーナーの希望と目標は一店もつぶさないで、うまくやっていくことです」

「つぶれたら、どうなるのよ」

「再建の夢と希望が出てきます」

「サイケンって何？」

「もう一度店を開くのです」

「開けなかったら」

「残った店の売上げを伸ばすとか、別の希望と目標が出てきます」

「じゃあさあ、サルには夢も希望もないの？」

「私はサルになったことがないので、正確には判りませんが、多分、ただ自然のままに生きて、子孫を残していくだけだと思いますよ。自分の子をいとしいとか、子が死ねば悲しむとか、危険を感じたりはするでしょうけれど」

「じゃ、おれっちサルでいいし」

「千古さんはサルではないから、今からサルにはなれないのです。だから高校へ行くべきです」

「サルじゃないけど、サル並みなんだろ。サル並みが高校？　無理だぜ」

「大丈夫です」

「だったら行かしてよ」

「行かしてもらうのはダメなのです。自分で行くと覚悟しなければなりません」

「じゃ、決めた。行く、覚悟した」

彼女は、ヤケになって叫んだ。

「よかった、では明日」

次の夜、また玄太郎の車に乗った。彼女はもう変な心配はしないつもりだった。それでも「今度は何？」と聞かないではいられなかったのだが。玄太郎は昨夜の話を詰めておこう、というのだ。

「モモ」は今夜も静かだった。

県立高校には全日制、夜間定時制、通信制などがあること。そのうち千古が入れるのは定員が埋まっていない夜間定時制になるであろうこと。この近くでは夜間高校は二つあって、一つは南工業高校機械科、一つは北高校普通科であること。玄太郎は、ていねいに説明した。

「千古さんは、どちらの学校を希望しますか」

「工業高校でケーキ作り」

「以前は化学科や建築科がありましたが、今は機械科だけになってしまいました」

「なあんや、インチキじゃん」

「普通科なら、卒業して大学にも行けますし、ケーキ造りの専門学校にも行けます」

「じゃ、フツーカ。ヤカンテイジセイって何？」

「昼間は働いて、夜勉強します。全日制は昼勉強して三年間で卒業できますが、定時制は四年かかります」

「やっぱり詐欺じゃない」

「その代わり、夕食が出ます。四時限制で夕方の五時半ごろから始まって、九時ごろには終ります」

「朝から晩まで働きっぱなしじゃない。キツイぜ」

「その代わり、卒業すれば全日制と同じ高校名の入った卒業証書がもらえます」

「その代わり、その代わりって、やっぱ変じゃん。それに、おれ、学校へ行く金なんかないっし」

「その点は不肖玄太郎、どこかで都合をつけます」

「ほんと？　それはいいけど、フショウって何？」

「つまらない私ではありますがとか、馬鹿な自分ではありますがとか」

「それはいえてる。玄太は馬鹿だぜ。それより、お金玄太が出してくれるっていうの？」

「良い場合と悪い場合とがあります」

「悪い場合は？」

「私が出します」

「良い場合は？」

「亀厳和尚に頼みます」

「どっちも、やーだよ。それに入学試験で不合格だったら、ヤベえしょ」

「高校と県の福祉課、教育委員会と相談します」

「相談してもダメだったら」

「多くの人の力を借りて、教育長さんの机の前に座り込みます」

「それ、面白いじゃん。おれ、やる気出てきたかも」

　夜間定時制が無理なら、通信制もあるし、私学もある、心配は無用だ、と玄太郎は楽観的だった。千古は半分、もうどうでもよい気分になっていた。よくは判らないけれど、今は玄太郎についていくしかない。

「じゃ、これから出掛けましょうか」

「どこへ？」

「目的の学校、北高定時制です」

「北高定時制？　誰が会ってくれるの？」

「校長です。アポはとってありますから」

「アポって？」

「アポイントメント。あらかじめ約束をとりつけておくことです」

　手回しの良い人。毎日のように動いて、何かしてくれている。けど、アポとれなかったらどうしたんだろう。きっと別の手を考えていたに違いないわ。


　L字型で、三階建てのコンクリート校舎、前庭から校門に向けて照明灯が二基、左右から光の筋を投げている。背景は藍色で校舎は大鳥が両手を大きく広げているように見えた。

　右端の一角、二階の窓が横並びに、五つ六つと灯りがついている。

　校舎内の空気は生暖かい湿気が漂っていた。階段を上がると事務室がある。事務長らしい男が、すぐ隣の校長室に案内した。全日制と兼用なのか、室内の中央は大きな衝立てで仕切られている。

相手は教頭の水上と名乗った。小柄の赤ら顔、丸刈りで五〇歳台の男と見えた。椅子をすすめ、「よくいらっしゃいました」と穏やかに応答した。

「こんなに遅くから、ご迷惑ではありませんか」

話は、全部玄太郎に任せておく。千古は、そう決めている。

「いや、いや。先ほど授業が終ったばかりで、クラブ活動の子らが体育館とグラウンドを使っておりまして、顧問の先生方も大変です」

「すると教頭さんは、もっと遅くまで？」

「いつもは私より校長の方が遅いです。生徒たちが家に帰りつくまでは何かと心配なものですから。校長は今日は出張でしてね。あなた方の話をよく聞いておくようにと、いわれています」

「ありがとうございます」

「いつ、どんなことで保護者から電話がかかってくるか、警察からか病院からか、家出とか事故とか、万引でつかまったとかね。それに定時制担当の指導主事が県の教育委員会におりまして、用もないのに電話をかけてくるんです。私らは二四時間勤務みたいなものですから」

「そんな内幕を初対面の部外者に話されて、不都合はありませんか」

「ありません。海野さん方は県民でして、県民が県立高校で勉強したいといって来られる。そんな人たちに秘密なんてありません。私らの守秘義務というのは、生徒たちの事情や家庭の様子をむやみに外部に洩らすのは、いけないのでして、それもその情報によって利益を得るとか、不利益を与えるとかね。生徒や保護者の事情を関係者が互いに知り合わなければ学習指導はもちろん、生徒指導も進路指導もできません。県や教育委員会に対して要望したり注文をつけたりするのは、直接現場を知る者の立場からでしてね、正々堂々たるものです」

「立派なご見識です」

「いや、いや、それほどでもありません。来年が定年でしてね。気楽なものです。ハッハッハッ」

水上は小さい体をゆすって、愉快そうに笑った。

「すると失礼ですが、一九三七年、昭和一二年のお生れでは？」

「そうです」

「また立ち入ったことをお聞きしますが、学校は？」

「地元の経営大学ですが」

「奇遇です。私もそこの出身でして、私の方が二年上になりますか、すると学生時代、ご一緒に受けた講義もあったかも知れませんね。もっとも私は、その頃サボリーマンでしたが」

千古は玄太郎が、はじめて会う他人に対して、打ちとけて話すのを感心して聞いていた。それにしても近江経営大学を出たって？　マジ、すっごいエリートじゃん。

玄太郎は千古の事情について、かいつまんで話した。問題は今から入学できるかどうかだった。

「相厳寺さんなら存じております。地域の活動もされていて、あの方なら信用できます」

これも奇遇だった。

「特別事情による中途入学希望者の受け入れについて、という通達が出ておりまして、定数が満ちていない場合は、とくに配慮する、とも謳っております。最終判断は県教育委員会がいたしますが、一件書類は本校を通して提出していただきます。本校独自の入学試験をいたしますが、形式的なものとなるでしょう。四〇名定員で、今のところ一年生の在籍者が一五名ですから心配いりません」

進級に必要な出席日数は開校日の八割、出席時数は各教科、科目の授業時数の、これも八割である。入学許可日から皆出席のつもりで努力すれば、今からでも不可能ではない。欠席数がオーバーしても、冬休みなどを利用して、補充授業を受ければ進級に必要な単位の取得はできる。

「本人と学校の協力で、立派に卒業してもらうのが、私たちの目標です」

「どうかよろしくお願いいたします」と玄太郎は長い上半身を二つに折った。

「時に、生徒さん同士や親御さんと先生とのトラブルなどは、どうでしょうか」

「しょっちゅうですね。暴力も、いじめも、保護者からの苦情もね。先生全員で当たります。親や生徒の勤め先の協力も欠かせません。海野さんも相厳寺さんも地域の支援者として、力を貸していただく場合もあるでしょう。生徒たちの懐に飛び込んで、彼らの立場に立てば、困ったことも多いけど、面白いところもあると、だんだん思うようになります。卒業式は皆、涙、涙ですよ」

「千古さん、何か聞いておきたいことはありますか」と玄太郎は彼女をうながした。

「そう、そう、あなたが一番肝心な人ですからね」

「ない」

彼女には、二人が何を話しているのか、ほとんど意味不明だった。入学試験があるらしいのは判った。やっぱりダメだ。それでもここは成り行きに任せるしかないな、とあきらめた。


「明日は相厳寺へ行きましょう」

帰り道、玄太郎が言った。千古は、

「えっ、毎晩じゃん、疲れるー」と、すねてみせた。

「イヤだなあ、あの坊主」

舌打ちしながら、それでも「ね、ね、玄太、何しに行くの」と彼女は、しつこく聞くのだ。

養親たちは千古を連れて来てくれた玄太郎を、佛のように迎えた。千古はふてくされて、庭の手入れの行き届いた高低大小さまざまな樹木や草花を見ていた。枝葉の間から洩れる陽の光や色鮮やかな花たちをぼんやりと眺めていた。

「そうですか、高校へ行くと言ってくれましたか。海野さんには、何とお礼をいえば良いか」

「この人の決意がなかったら、こうはいかなかったのでして」

決意？　決意って何よ。そんなものないってば。みんな玄太の押し付けじゃない。

お茶が出て、上等の饅頭が出た。さっきから、千古の視線が、盆の上にそそがれている。

「だって、養父さん、養母さん、わたし足し算も引き算もできないのよ」

千古が何気なく口にした、呼び名に、親たちはすぐに反応した

「今、何て言った？」

亀厳も伸子も、もう涙ぐんでいた。千古が初めて、とうさん、かあさんと呼んでくれた。

もうそれだけで、十分であった。

四　老人の過去

「実は学校にかかる費用なのですが」

玄太郎が住職夫妻に遠慮がちに言うのを、千古は苦々しく聞いていた。

何よ、それくらい。おいらが働いて払うつうの。

「学費は親として当然で、私どもが」

「ありがとうございます。千古さんは今一人で三階の部屋に住んでおられますが」

「自立したい、と申しますので修行のつもりで自由にさせました。いつでも帰って来れるように一室用意しております。ですが、娘の好きなようにと」

「千古さんは、どうです。希望とか確かめたいこととかありませんか」

何を勝手なことを言ってんの、この人ら。親切にすれば誰でも喜ぶとでも思ってんの？

「算数も国語も英語もできねえし、合格できねえし」

「入学は私が保障しましょう」

　玄太郎は、いつものように自信あり気に言った。

「家庭教師をつけましょう。私は高校の商業科と社会科の免状は持っておりますし、保健体育も大丈夫です。数学は私の手に負えませんから、高校の先生にお願いいたしましょう」

「それがしも英語ぐらいなら、教えられるでしょう」

　何言ってんの、この人ら。それがしって、どんな菓子なん？　わたしを無理矢理入学させようたって、そうはいかないぜ。笑わせるんじゃねぇ。てめえら高校を、なめんじゃねえ。勉強なんか面倒臭くってやってられっか。高校なんか出なくったって、生きて行けるのさ。

「千古さん、どうですか。そういう条件で」

　玄太郎が念を押した。

「お金は、おいらが働いて返すから」

「ご両親が出してくださる分は、家族なんだから返す必要はないと思いますよ、ね、奥様」

　伸子はつつましく控えていたが、急に言われて返答につまった。それでも、「ええ、ええ、そうでしょうとも」と辛うじて答える。

「専門学校とか大学へ行く気になれば、学費は私が出しましょう。その分は当然返してもらいますがね」

「えっ？　あのまむし代も？」

「あれは私のおごりです。これからは腕時計とか革靴とか携帯とか、女の子が身につける物とか、必要になるでしょう。それを私が払った場合は将来返してもらいます」

「高校やーめた」

「千古さんが立派になって、目標が叶って、お金ができた時にです。出世払いです」

「出世しなかったら？」

「払わなくてもよろしい」

「お金ができても黙っていたら、判らないじゃん。それでもいいの？」

「出世って、何が出世なのか誰にも判りません。まだ出世じゃないって言われれば、請求できません。つまり出世払いとは返さなくてもよいという意味なのです。いくら貸したのか借りたのか、証文もないし領収書もない。それに時効というのもありますから」

「ジコウって、なあに？」

「物を買って、お金を払わずにいたとしましょう。時間が経って、途中で一度も請求されたりしなければ、返さなくてよいのです。飲食代などは一年でしたかね、民法という法律に書いてあります。ね、ご住職」

亀厳夫妻は二人の会話をニコニコと聞いていた。伸子が「そうですとも、千古さん。だから安心していいのよ」と後押しした。

「わたしが返そうと思っても、玄太が、玄太郎さんが死んでいたら、どうなるの？　確実に死んでるわよ」

千古は、心の中でアッと叫んだ。この人を死なせてしまうなんて、お前はなんてひどい女なんだ。言ってしまった言葉は無くならない。ああ、ヤダ、ヤダ。

「心配いりませんわ。海野さんが鬼籍に入られても、千古さんが、きっと跡をつぎます。誰か困っている人がいれば、今度は、あなたが助けてあげれば良いのですよ」

「そうなんだ。けど、キセキって何？」

「過去帳といってね、亡くなった人の名前を書いておく帳面ですが、そこに書き入れることを鬼籍に入るというのです。キは鬼と書いて、恐ろしい怪物を連想させますが、鬼は尊い人とか偉い人とかも意味するのですよ」

「へえ、死ぬと偉くなるの？」

「そうです。どんな悪人でもお浄土へ、つまり極楽ですね、参らせてもらえるのですよ」

千古にも何だか少しは判るような気がした。人間は必ず死ぬ。これは確実だ。母も死んだ、父も死んだ、苦労して死んだ。母も父も極楽で生きてるんだ。そうでなければ苦労して死んだ意味がないじゃないか。

寺の子になるのは、落着かない気分だが、イヤイヤでも、ここはみんなの顔を立てておくことにしよう。千古は結論を出した。

千古は部屋を抜け出し、御堂の真ん中に寝そべった。風が通り、黒光りのする床の感覚が体のほてりを、冷ましてくれた。天井に張りつけられた金の板、吊り下げられた飾り物、仏壇と仏像、それらが彼女を、やさしく包んで寄ってくるようだ。

静かさを増している客間の、先ほどまで蒸し暑かった空気が、吹き通る風に変わった。

「娘は、ある程度の学力がついてくれれば、自由にしてくれていいのです。寺の財政も厳しくて、本寺への上納金も馬鹿になりません。檀家頼りですが、娘が成人するまでは勤行に精出さねばと考えております。海野様には娘の良き指導者として、これからもご尽力いただければ幸せかと……」

「年齢は違いますが、友だちみたいなものでして、私の方がなごませてもらっております。けれども、千古さんは私が何者なのか疑ってもいるようでして、高校まではご両親のお世話になるとして、その上の進学は千古さんの気持次第ではありますが、今度は私が学費ぐらいは……」

「どうしてでしょうか、あなた様が娘にそれほど執着なさるのは。何か天分とか魅力のようなものを、お感じでしょうか」

「いいえ、いいえ。行きがかりと申しますか。ひょんな縁とでも申しましょうか」

「それは、それは。ご奇特でございますよ。有り難いことです」

海野玄太郎は、この町で生れ、育った。東京から三十八年ぶりに帰ってきた。すでに父なく母なく、兄弟もなく、祖父母時代からの家族が住んでいた家屋と小さな庭だけが、荒れたまま残った。周囲一面の田圃は跡形もなく、住宅用地と化していた。

玄太郎は退職前に伝手をたどって、旧家の造作に手を入れた。明治初期に建てられた二階家で、梁は太く頑丈そのものであったが、土台は土の上に丸石を置いてあり、家全体が左に傾いていた。土台をコンクリートで固め、壁と柱を直立にしてもらった。

農器具類を収納する小屋や、余分なものはとり壊し、台所と風呂場をリフォームし、一人住まいができるように改築した。

落ち着いてみると、座敷も居間も広々とし、二階も二間あって、日当たりも風通しもよく、快適であった。

東京で暮してきて、というより働いてきて、大都会の変化は、すさまじいものであった。その波は地方にも押し寄せてきていた。商店街は軒並みにシャッターを下ろし、あちこちに大型ショッピングセンターが出来た。

経済が動けば政治が動く。炭鉱がつぶされ、石油コンビナートや原子力発電所が海岸線に沿って建てられた。新幹線と高速道路が日本列島をたてよこに走り、公害が広がった。

講和条約が結ばれても、沖縄の米軍基地は固定され、拡大され、「本土」の基地も拡張された。日米安全保障条約と付属協定の故である。

汚職と腐敗がはびこり、保守政権をゆるがせた。搾取と合理化が強まり、そのたびに労働者たちは、たたかいをいどんだ。進歩と革新の運動が広がり、農民も漁民も学生も知識人も商店主も中小企業家も、その隊列に加わった。

人々は、いつでもどこでも集ってきた。学習し、集会をもち、歌をうたい、デモ行進した。革新の自治体が全国に広がった。

玄太郎もまた自分の仕事に精を出しながら、仲間たちのうしろからついていこうとした。


一九四五年、敗戦時。玄太郎は国民学校四年生であった。

母の遺伝子を受けてか、ホルモンの異常からか、友だちは皆、やせて小さいのに飛び抜けた体格になった。食料は底をつき、売り食いで命をつないだ。喰えるものは何でも喰った。近所の小母さんたちからの、おすそ分けは感謝の一言に尽きた。

六年生まで、校内一の怪力児として誰からも敬遠され、一匹狼であった。

新制北中学校二年生のとき、レスリングの県大会で優勝した。ルールも技も、ほとんど知らず、指導者もなく、相手を力でねじ伏せた。

それ以後、北中学校の相撲部顧問、犬井先生が目をかけてくれた。レスリングは近代オリンピック創設以来の伝統種目であり、日本も戦前から有力選手を輩出してきた競技の一つである。

高校に入ってから、犬井先生は玄太郎に野州の農業高校相撲部の顧問、綿野先生を紹介した。綿野は県内でレスリングを志す者を探していた。

玄太郎は週に一回、野州へ通った。相撲部の土俵で基礎体力をつけさせられ、体育館のマットで技を叩き込まれた。

高校二年生、インターハイ重量級で優勝。体重八十キロ、身長百八十センチを超えていた。体の重い者は相撲部に入り、レスリングの対戦相手が少ないのが幸いした。

大学二回生。全日本大会フリースタイルで優勝。重量級の相手は一人で、初戦が決勝戦となった。時に体重は九十キロを超え、身長百九十四センチ。

オリンピック一九五八年大会は、ヘルシンキでおこなわれる。その候補選考会で、もろくも予選で敗れる。左のくるぶしを痛め、試合放棄となった。

世の中、何が起こるか判らない。これが玄太郎の座右の銘となった。人生初の挫折であり、肝に銘じた。オリンピック出場に、こだわっていたわけではない。少年時代からの孤独と貧困を引きずってはいたが、なるようになる、これが元々の彼の信条であった。

中学時代からスポーツ精神を叩き込まれた恩師であありコーチであった犬井先生にも、高校時代の綿野先生にも合わせる顔がなかった。

もともと日本人は背が低く、脚が短い。その短所を生かして、工夫されたのが、一挙に相手の下にもぐり込んで脚をとる戦法である。一九五四年のメルボルン大会では、笠原正三はじめ、中軽量級フリースタイルで金メダル二個、銀メダル四個の大成果を収めている。

とにかく、素早く、変化する、辛抱する、これが犬井の教えであった。試合中にケガをするなどというのは恥しい。練習不足か、心のゆるみか、慢心か、要するに隙があった。勝って当然という驕りがあった。

犬井は彼を責めなかった。

「残念だったな。おれの青春は終った。お前の青春はこれからだ。社会に出ても忘れるなよ」

犬井は五十歳をこえていた。「忘れるなよ」と彼は言ったが、何を忘れるな、なのか、鈍感な玄太郎にはピンとこなかった。くやしさをか、厳しさをか、根性をか。

大学を出るとき、大企業のいくつかから誘われた。私立大学の院生として迎える、という話もあった。いずれもレスリングコーチを兼ねての就職であり、進学であった。

学生課を通じて丁重に辞退した。指導者の資格など自分にはない。

オリンピックは、平和と民族の祭典と称してはいたが、開催国には、競技上いくつもの利点が加えられた。競技種目の決定も、大国の思惑にゆさぶられ、多くなったり、削られたりする。ルールや判定も微妙に、あるいはあからさまに変えられたりした。その時々の戦争や紛争がオリンピックに陰をつくった。各国が獲得するメダル数が、国威の発揚につながったりした。日本の場合、日の丸がその象徴となった。

開催国となれば、競技場や選手団の宿泊所、道路などの新設や拡張・整備に莫大な財政が投入され、大企業の懐を肥やした。

玄太郎は、スポーツを通じて、その裏側をも知っていくことになった。


東京の商社に就職した。平凡なサラリーマンで一生を送ろう、と決めたのである。

母の絹は足腰も丈夫なまま、八十五歳まで故郷でひとり暮らした。晩年、東京に出てきて、マンションを借り、一階の一号室に玄太郎といっしょに住んだ。

一九九四年七月三日、その三日前に絹は脳出血で倒れて回復せず、眠ったままの大往生をとげた。九十二歳であった。孫もなく、親類縁者もなく、寂しかったであろうが、マンションには日本共産党の地域支部があり、週一回の会議に出るのを楽しみにしていた。

絹は故郷で、いつの間にか入党していて、転籍通知が来て玄太郎は驚いた。マンションでの支部会議には欠かさず出席し、最高齢の党員として敬意を払われ、茶や菓子のもてなしを受けて喜んでいた。

生前、葬儀や「偲ぶ会」のようなものは一切無用と言っていた。支部の人々もその遺志をくんで、支部内のお別れ会に玄太郎も呼んで思い出を語り合ってくれた。財産といえば故郷に崩れかけた家があるだけ。母の愛を一杯に受けて育ったといえば、聞こえは良いが、放任教育であった。

玄太郎は勉強が、ほとんどできなかった。指名されても教科書が読めず、黙って突っ立っていた。彼の体格と体力にかなわないガキ大将の連中は、心の中でここぞとばかり喝采していたに違いない。

だから玄太郎は、いつも運動場か講堂にいて、、懸垂や逆上り、腕立て伏せに腹筋運動、バク転のマネばかりしていた。子どものくせに筋骨はイヤに盛り上がり、四角な顔に目は血ばしり、いつも人をにらんでいるように見えて、いよいよ悪相になった。

戦後になって、男女共学のクラスに入ったときも、女子はもちろん、男子も誰一人傍へ寄ってこなかった。

母の死の翌年、玄太郎は定年退職して故郷へ帰った。

「千古さん。明日、中学校へ行きませんか」

「どうしてよ」

「卒業証明書をもらいにです」

「ふーん、喜んでいいの？」

「喜んでいいのです」

「高校、いやだなあ」

「どうしてです」

「勉強できないから。つまらないし」

「私が教えてあげます」

「玄太はつまらなくないけど、勉強はつまらないし」

「楽しい勉強です」

「楽しい勉強ってあるの？」

「あります。楽しくて分かる勉強です」

「教師の免状もってるんでしょ」

「持っています」

「それって、すごくない？」

「大したことないです」

「格闘技、やってたんだって？」

「レスリングです」

「でっかいもんね。どこまでいったっけ？　オリンピックの手前までね」

「そこで挫折しました」

「ざせつって、なあに？」

「心が折れてしまうこと」

「へえ、心って折れるの？」

「折れます。ポキポキとね」

「へえ、音がするの？」

「しますとも」

相厳寺からの帰り道、車の中での会話が続いた。


千古は本人記入の出願書類を書いた。下書きを何枚も書き、書いては消し、また書いた。


水上教頭は書類一式に目を通してくれた。

「県の教育委員会には通してありまして、学級定員が埋まっていないので、内規によって処理するようにいわれております」

「内規と申しますと」と玄太郎は念を入れた。

「当校作成の学力検査と面接をしまして、合否を決めます。職員による判定会議にはかった上で、県教委に報告し、本人に通知します」

「エッ？　なに？　なんて？　試験も？　面接も？」千古は改めて驚いた。

「いえ、形式的なものです。籍が空いているんだから、子たちが高校教育を受けたいっていうのを、やめさせる権限なんてありませんからね」教頭は励ました。

「もう受かったも同然ですね、千古さん」玄太郎は安心させるつもりで言った。

「ダメだったら、どうするのよ」

「私の大学の卒業生や体育関係の後輩たちも、県で働いていますから、働きかけます」

「ほんとかなあ、勉強いやだなあ」

「うちの学校でも勉強の好きな生徒は、ほとんどいません。友だちもすぐできますから」

水上が助け舟を出した。

「途中から入って、いじめられたら、どうするのよ」

「私が送り迎えしますから、大丈夫です」

玄太郎は、ここぞとばかり気合いを入れた。たしかに、こんな大きな男が付いていると知れば誰も手出しはできないだろう。

「勉強教えて、送り迎えして、お金も出してくれるって、何でだよう、わかんねえよう」

「馬には乗ってみよ、人には添うてみよ、ということわざがあります」

「何だよ、それ」

「人間を信じなさい、という言い伝えです」

「学校へ行かなくったって、信じられるもん」

「高校へ行ける人は行った方が良いのです」

「わけ、わかんねぇよ」

「わけが判らない時は、まずやってみるのです」

水上は二人の会話を、ニコニコと聞いていた。彼女にも海野の言い分が全く理解できないわけではないであろう。それに、この気の強い少女が、級友たちにいじめられるとは考えられない。


玄太郎は地元大学を卒業して東京に出た。近江商人出の当主を代々引き継ぐ中堅企業中ノ井商事株式会社を、就職先と決めた。伊藤忠、丸紅、伊藤萬などの大手は避けた。

中ノ井家は二代目源右衛門が安永年間、江戸に出て、日本橋に店を構えた。後代、中央区北部の現在地に社屋は移る。

店は戦前、関東大震災で焼け、戦後は東京大空襲で焼野原の悲運を免れ得なかったが、そのたびに中ノ井商事は復活した。戦後初代社長は六代目源吉郎であるが、その後会長に退き、実子源一郎に七代目をゆずった。

玄太郎は、ここで定年まで、三八年間働いた。社長一族とは縁もゆかりもなかったが、最後には渉外担当専務取締役になった。退職直前、副社長の一人に昇格させるとの甘言とともに引き留められたが、辞退した。

副社長といっても、専務時と変らない渉外担当の要職である。株主や取引先、メーカーとのトラブル解決に当たる「諸事対策係」であった。

久保田千古に合格通知が来た。九月一日、二学期の始業式の日、玄太郎は「カトレア」に迎えに行った。

「一人で行く」

「だんだん暗くなってくるから、心配です」

千古は、強いて断ろうとはしなかった。けれど、いつも金魚のフンみたいに、うしろから付いて来られるのも困る。良い所のお嬢様でもあるまいし、こんな巨人の紳士と連れ立って歩くのは落ち着かない。

「帰りはどうするのよ」

「迎えに来て、相厳寺まで送ります」

「いやーだ」

「帰りは、もっと危険です」

「平気だよ」

「遠慮してるでしょう」

「してないっすよ」

強がりを言っているようには見えなかったが彼女なりの、強情を通してきたこれまであったに違いない。他人の助けを借りたとはいえ、母を亡くし、父の最後をみとり、あとは何をしてでも一人で生きていかねばならなかったであろう。

その一方で、寂しがり屋で、人見知りで、一人でいるのが不安で、いつも誰かにすがっていたい気持もあったはずである。

たしかに千古の心境は複雑だった。

「屋根裏で寂しくないの？」と聞かれると、「寂しかない」なんて平気な顔をして見せるが、いつもそんなわけではない。一体、自分は何者か、などと考える。無学で世間知らずで、意地を張っている自分が嫌になる時がある。

玄太郎が自分と一緒にいてくれるのを、有難いと思わなければならなかった。今はまだ彼が何者で、どうして自分に親切にしてくれるのか、判断のしようもなかったけれど、彼と一緒にいると、何だか安心できる。

寝た切りの父と二人で暮しているうちに、下品な言葉を使い、人目も気にしない仕草や身なりに慣れてしまった。それは仕方がない。人に好かれようとは思っていない。それがなぜか、玄太郎にだけは嫌われたくなかった。

一週間が過ぎた。授業が終るころ玄太郎は、いつものように北高夜間部へ迎えに行った。相巌寺に、千古のために設けられた一室がある。

「今夜は千古さんの部屋に入れてもらってはいけませんか」

千古はドキッとした。

「チョット待ってよ」

「いえ、障子は開けておきますから」

「そうじゃない」

散らかし放題の部屋が気になる。

「レディの部屋に、突然ってことは、ないだろ、ちょっと待って」

千古は大忙しで部屋の片付けをした。何をしているんだろう、わたしは。父親の看病をしている時は、空気の通う清潔な部屋にしなければと、整理整頓にも精を出した。それが一人になってからは、気にもかけずに過していた。

「カトレア」の屋根裏住まいの時は、空気が淀んで熱気だけが下から上がってきて、夏は寝苦しい夜が続く。冬は冬で一気に冷える。店の小型の方の掃除器を持ち上がって、週に一度は埃りを吸わせ、片付けをした。中古の洗濯機を店の軒下に置いてもらって、洗濯もし、ゴミ出しもした。店の仲間や養親たちが新品の下着類や洗い立てのTシャツ、ジーンズなどを差し入れてくれた。

今は学校と仕事のかけ持ちで、洗濯はこまめにするが、部屋の片付けまでは手が回らない。

「入学テストの点数は聞いていますか」

「英、数、国、三つとも〇点」

「先生が教えてくれたのですか」

「だって全部白紙だもん」

「それでも合格できました」

「おっかしいじゃん。陰謀だぜ」

「陰謀という言葉を憶えましたね」

「クラスで流行っているのよ。何かというと、陰謀だぞ、って」

「〇点だから合格なのです。陰謀ではありません。」

「なんで、なんで」

「それより下りようがないからです。勉強すれば一〇点、二〇点になっていきます。可能性が無限にあるからです」

「かのうせいがむげん、ってなあに」

「人間のできる力は、どこまでもどんどん伸びていく、という意味です」

「じゃ、どうしたら伸びていくの？」

「努力次第です。約束通り、私が家庭教師をしましょう」

「約束なんかしてねぇし」

「英、数、国の中学校の教科書を読み始めましょう」

「仕方ない。面白くなければ止めだよ」

「承知しました」

「わたし、少しは賢くなれるの？」

「なれますとも。勉強は、本当は点数でも勝ち負けでもありません。人間は誰でも賢くなる力を持っている。人間の値打ちは勝ち負けや学歴ではかるものではありません。勉強すればするほど、自分だけでなく、回りの人の役に立つ人間になれるのです」

「ふーん、そうなの？　ホント？」


九月の風が吹き、台風がいくつか各地に被害の跡を残して去った。山は色づきはじめ、人の心を落ち着かせる季節が来た。

千古の生活は、すっかり変った。屋根裏から坊屋の一室へ。調度類も一通りそろえられた。テレビは止めにし、ラジオだけにした。庫裡にあるテレビを見たが、どの番組もガチャガチャとせわしなく、騒がしかった。登場人物も参加者も、手を叩いたり、ゲラゲラ笑ったりしているのを見ると、何がそんなにおかしいのか、不思議なのだ。それよりもラジオが良い。きれいな音楽も聞けるし、天気予報や交通事情を聞くのも好きだった。交通事故とか、人殺しとか、暗いニュースは嫌いだった。

初通学の日から十日も経つと、玄太郎の送迎は同級生の手前もあって恥しく、千古は店のママチャリで一人通い出した。玄太郎の家庭教師は週三回、きっちりと続いていた。彼は学校の様子が気になるらしく、勉強が終ると、しきりに教室の雰囲気を知りたがった。

「楽しいですか」

「それがね」

「楽しくない？」

「ううん」

「じゃ、普通？」

「案外、楽しいのね」

「それは良かった。授業には、ついていけますか」

「一人ひとり、皆違うのよね、勉強の程度が。年齢も一番上は四一歳の男の人、中卒で機械工になったんだけど、一般教養を勉強し直したいんだって。南高にはね、大学を卒業している人がいるそうよ。その人ね、仕事の関係で機械の勉強が必要になったんだって。教養科目は大学の単位取ってるのに、もういっぺん高校の教科書、習うわけじゃん。先生は誰もその人に当てたりしないらしいの。けど実習とか製図なんかでは、メッチャ叱られているらしいのよ。すごくない？」

「そりゃ、すごい。千古さんのクラスでは、いじめなんかないですか」

「それがね、てっきりあるって思ったわけ。授業なんか、判るわけないっしょ、じゃあさ、一丁暴れてやるか、ってさ。わたし、そう思ったの。誰かが因縁つけてきたら、すぐ玄太にケイタイしてさ、助けに来てもらおうかとかさ。ガン付けられたら困るからさ、隅の方で下向いていようか、とかさ。そしたらセンコのやつ、初めの時間から、わたしを紹介してくれてさ。新入生です、さ、みんなで歓迎しよう、なあんて言ったりしてさ、全員拍手するんよ、なんか照れちゃうよなあ」

「照れちゃいますねえ」

「そいで、勉強もセンコのやつ、一人ひとり机を回ってさ、進み方は皆違うけど、分かるように教えてくれるのよ。わたしも先生になれたらいいなあって、思ったりしてさ。バッカじゃないの、なれるはずないのにね」

「そう、そう。なれるはずないことないですよね」

「給食も、おいしいのよ。ホッカホカのご飯が出るし、みそ汁とフルーツは定番、おかずは毎日変るし。ね、ね、聞いてるの、玄太」

「はい、はい、聞いています、聞いていますとも」

級友たちから聞く話は、みな珍しいものばかりだった。

バルブ会社で働く人がいて、ケーキ作りの助手がいて、料理店の手伝いがいて、高温高湿の大工場でトラックのタイヤを作っている人もいて……。

汚れた油のしみた作業衣のまま、教室へ飛び込んでくる青年もいる。紅い唇で着物を着て入ってくるおねえさんもいる。

働いている時は上司に注意され、客に叱られ、たいてい無口で仕事をしているのだろう。それが教室に入った途端に大きな声、笑い声が爆発する。他人をいじめている暇などないみたいだ。

千古の登校一日目は大失敗だった。一時限目が終ると、みんな千古の回りをとり囲んで、可愛いペットが突然迷い込んで来たように、大騒ぎをした。

「家はどこ?」「何中学」「仕事は何」「なんでここへ来たん」「姉妹は」

質問の集中砲火だったが、千古は何も答えられなかった。

家? そんなもん、とっくになくなった。家族? いやしねぇや。ここへ来た理由? 人さらいに連れられてきたのよ。仕事? コーヒー運びよ、それがどうしたってんだ。

「恥しいのよ、慣れないんだから。そっとしといてあげなよ」と女の声がした。

千古は机に顔を伏せていたが「恥しい」と聞いて顔を上げた。

「てめぇら、うるせぇてんだ。恥しい？　てめぇらの面が恥しいっていうくらいのもんよ。おれのこと、かまうんじゃねぇ」

なめられてたまるか、と精一杯脅しをかけたつもりだった。誰かに胸ぐらをつかまえられるくらいは承知の上だった。ボコボコにされても仕方がない、との覚悟もしていただが、様子が違った。回りの者たちの爆笑が、はじけた。

「何か、ムカついてる」

「キャンキャン言ってる」

「行こう、行こう」

拍子抜けがした。

級友とのトラブルらしきものは一日だけで終り、あとは事もなく過ぎていった。

各学年一クラスずつの四クラス、全日制の教室と併用で、掃除をキッチリやってから帰らないと、昼間の連中から文句がくる。

一クラスの生徒数は法律では四十人、実際の在籍者数は一五人。あと二五人もの空きがある。道理で入学できたわけだ、と千古は納得した。

学力の程度も、他の人たちとよく似たものと判ってきた。「九九」の言えない人もいた。A

BCが書けない人がいた。みんなで教え合いをしていた。

「よお、北村、ちょっとこっちへ来いよ」

「何だ、平助、何か用か」

「用があるから呼んだのよ」

北村三男は担任で、数学を担当している。三五歳。平助の本名は平田真吾、一七歳。ラーメン屋の出前持ちである。立派な名前があるのに下ネタをふりまくので、助平を逆さにし、幸い平田の平と掛けて平助が通称となったようだ。

これだけの会話では、どちらが先生か生徒か初めての者は途惑う。平助が数学の解き方を教えてもらおうと、北村先生を呼んだところだ。

国語の教師は若くて綺麗な澤村美津子先生。この時間は一番静かだ。男どもは天使をガードする騎士のように、透き通った先生の声にじっと耳を傾ける。

女生徒は八人で千古が入って九人となった。男子はさらに圧倒され、いつも女たちはかしましい。だが国語の時間だけは羨望のまなざしで美津子先生のスタイルやファッションに見とれるのだ。

気に入らないことが胸にたまって、時々爆発する男子や、ヒステリーを起こす女子がいる。

四一歳で再学習に励む北野大和、二八歳で美容師をめざす鈴木由加が、なだめ役でケンカの仲裁役。この二人でほぼ、事は収まる。

「あのね、聞いてるの、玄太」

「聞いてますとも」

「あのね、昔はね」


敗戦後、荒廃と飢餓の中から全日制とともに定時制教育がはじまった。アメリカからの余剰放出物資、脱脂粉乳が押しつけられた。滋養分を抜きとられたカスが給食用のミルクとなった。湯に溶かし、未精製の砂糖、チョコレート色の物質を加える。生徒も教師も、それを飲んだ
誰もが必ず下痢をしたが、一週間も飲み続けると、おさまってくる。人間の適応能力の高さに驚かされる。アメリカでは動物用のエサとして使われた。その証拠に、カーキ色の厚手の紙袋は一個六〇キロの重さがあったが、For Animalと黒インクで大きく印刷されていた。

「君たちの先輩は、豚のエサと呼んだ」

高齢で背の低い社会科の教師広谷は語る。

一椀の「豚のエサ」とコッペパンが一つ。それが給食のすべてである。パンの中から、時々ジャムや小豆あんのカケラが出て来たりする。製パン工場で、売れ残りのパンをほぐして混

ぜ合わせ、コッペパンに焼き直しているのだ、というもっぱらの噂であった。

粉乳からボルトやナットが出てきた時がある。スパナが転がり出てきて、国会で問題になった時代もあった。

定時制高校の教育条件を良くせよ。生徒も親も日本高等学校教職員組合も、この国民運動を推進した。

幾年か過ぎて、おかずが一皿ついた。それからまた幾年、センター方式や自校方式が取り入れられ、給食制度が完備した。温かいご飯に、みそ汁、おかずにデザートがつくようになった。

五　少女の学習

千古にとって、学校の先生はいかめしくて、こわくて近寄り難い人たちだった。話を交わす機会もなく、一緒に遊んだ覚えもない。

それが、この学校の先生は友だちみたいに話をしてくれる。話を聞いてくれる。「ぼく」とか「おれ」とか、男みたいな言葉を使っても、なあんにも注意しない。

「おれのことば、おかしいだろう」

「チーコの言葉は、チーコの言葉。お客様には、どんな言い方しているの？」

担任の北村は逆に訊ねる。

「いらっしゃいませ、ご注文は、とか」

「そうだろう。チーコの言葉も時と所で変わる。それでいいんだ」

「じゃ、先生のこと、てめえとか、この野郎とか言われても怒らないの？」

「何百回も言われてきたから、怒らない」

「へぇ、そうなんだ。他に何言われたの？」

「アホとか、ボケとか。カス、ダセイ、うせろ、とか。バッキャローとか、死ねとか殺すぞとか」

「へぇ、そうなんだ。そんとき、お前こそ死ねって言い返さないの？」

「言い返さない。ホントに死んじゃったら大変だからね」

「じゃ、どうするの？」

「場合、場合だね。死ねって言ったって、本気で死んでほしいと思ってるわけじゃない」

「どうして判るの？」

「目付きとか、顔色とかでね」

「どんな返事をするの？」

「先生が死んだら君を教える人は、いないぞとか。人間いつかは死ぬんだから慌てない慌てないとか、黙っているとか、逃げていくとか」

「椅子振り回したり、給食ぶっかけたりする人は？」

「いる、いる。その時は生徒たちがとめてくれるし、先生の仲間もいるしね」

「ガラス割ったりとか、ナイフ出したりとか」

「チーコ。君はどうして悪いことばっかり聞くんだね。安い賃金で昼間働いて、夜クタクタになって勉強するのが、どんなに辛いものか、もうそろそろ分かってもいいんじゃないか」

「わたしは楽しいんだもん、そんな変なことしないもん。安心しなよ」

北村は「安心した、安心した」と、両手を合わせて音のない拍手をした。


千古の部屋。

「あのさ、不登校っては判るけどさ、トウハイゴウって何なの？　うちの担任が言ってた話だけどさ。給食がだんだん良くなってきたのは判るんよ。あと、判んない」彼女は玄太郎に訊ねる。

「統廃合っていうのはね。千古さんのクラスは定員四〇人なのに、今は千古さんを入れて一六人でしょう、先生の賃金だとか学校の維持費とかは簡単には減らせない。だからいっそのこと学校ごとつぶしたり、他の学校にくっつけたり、二つ三つの学校を一緒にしたり、その方が能率がいいってわけです」

「定時制はムダっていうの？」

「県のえらい人がいうのです。北高定時制をなくして、南校だけにするとか」

「エッ？　わたしの学校、なくすっていうの？　だってムダじゃないもの。だったら、わたしもムダってわけ？　整備の仕事やってる岸君なんかスゴいよ。車の話になったら何でも知ってる。先生なんか、なあんも知らないんだから。けど、わたしなんかムダかも知んねぇな」

「そんなわけはありません。千古さんが自分で自分をムダかも知れないと考えるのは勝手だけど、人様からあなたはムダですと言われたら、どうしますか」

「チョウ、ムカツク」

「そうでしょう」

「勉強のできる者と大金持ちが勝つってわけだろ。定時制なんか負けだもんね。なんか、そんなこと言ってたみたい、先公はね」

「友だちは君づけで、先生は呼び捨てですか？」

「みんなそうしてるもん」

「みんながそうしてるから千古さんも、そうするのですか」

「いやにからんでくるじゃない」

「定時制は定時制の値打ちがある。岸君は岸君、千古さんは千古さん、それにラーメン屋の……」

「平助君よ」

「その平助君らは定時制がなくなると、どうなりますか」

「勉強できない」

「そうでしょう。今ここにあるもの、すべてのものは、みなそれぞれに存在する理由と意味があるのですよ」

「ホント？　じゃ、わたしも存在する意味があるの？」

「もちろんですとも」

「どんな？」

「千古さんは亀巌住職夫妻にとって大切な人です。私にとっても大事な人です。あなたにつながるみんなが、あなたを必要としているのです」

「玄太にとっても大事な人？　それって告ってるわけ。恥しいじゃん」

「残念ながら年齢が違い過ぎます」

「そらそうだけどさ、わたし一人くらいいなくなったって、何も変らないじゃん。わたし何の役にも立ってないもん」

「そんなわけはありません」

「それじゃあさあ、戦争も意味があるの？」

「戦争は、いけません」

「どうしてさ」

「人を殺したり、自分も殺されたりするからです」

「だって人は皆死ぬんでしょ」

「死ぬのは、いいのです。殺されるのはいけないのです」

「それじゃあさあ、日の丸ってどこがいけないの？」

「どうしてですか」

「だって北高定時制じゃあ、卒業式も入学式も今まで一度も、日の丸もないし、君が代も歌ったりしないって、先公が言ってたし」

「日の丸はね、昔、日本が戦争やってた時、進めっという合図に使われたり、兵隊さんが戦地に行くとき、家の人も近所の人も日の丸の旗を振って見送ったのです。けれど帰ってくる時は、ほとんど死んで白い木の箱に骨が入っていたり、骨さえなかったりしたのです」

「どこの国と戦争したの？」

「全世界の国とです。五〇カ国くらいです。中国とかアメリカとかイギリス、フランス、オランダ、オーストラリアとか。中国の東北地方に満州というところがありますが、そこを占領して自分の国のようにしました。朝鮮も台湾も無理に自分の国にしてしまいました。南の方の国も太平洋の国も、いっぱい占領しました」

「それで、どうなったの？」

「ソ連という国も満州地方に攻め込み、アメリカは広島と長崎に原子爆弾を落して、日本は降参しました。日本の軍隊が外国の人を殺した人数は二千万人、殺された日本人は三百万人を越えました」

「エッ？」

「高校を卒業する頃には、日本史で習っていると思いますよ」

「そいじゃあ、君が代は？」

「君というのは天皇のことです。天皇をほめたたえる歌です。学校には昔、天皇と皇后の写真を納めている建物があって、そこを通る時は頭を下げて通るのです」

「変なの」

「そう、変でした」

「そいじゃあ、わたしも勉強すれば、いろんなことが判って、賢くなれるってわけ？」

「そうですとも」

「そいじゃあさあ、わたし、今はアホってことじゃない？」

「そうではありません。人間は、アホとかカシコとかで分けるものじゃないのです。赤ちゃんは高校生のような知識は持っていないけれど、赤ちゃんは赤ちゃんで尊いのです。千古さんも赤ちゃんの時があったし、みんなから可愛がられたでしょう」

「ううん。母さんって、もう死んでたし、父さんは長いこと病気してたから。おいらの思い出ってのはさ、暗い海から雨が横に降ってきて、風がぶうんぶうんうなってるの。一五、一六、一七とわたしの人生暗かったって誰かが歌ってたけど、すっごい歌よ、わたしにぴったりの」

玄太郎は黙って彼女の顔を見つめた。

「でもさ、病気の人とか貧乏な人とか、可哀相な人がいっぱいいるじゃない」

「そう、そう。障がいを持った人もね」

「しょうがいってなあに」

「手足の動きが不自由だとか、目の見えない人や耳の聞こえない人とか、病気のために運動ができないとか。私がレスリングで足をくじいて、オリンピックに出られなかった時は歩けなかったから、足に障がいがあったなどといいます。障がいがあるから人生に立ち向かってもいけるのです。回りの人と助け合ってね」

「重量級でしょ。玄太は車にぶつかっても車の方がやばいんじゃない？」

「なぜ車なんでしょうかね」

二人は笑った。

この時から海野玄太郎は彼の半生を、久保田千古に折りにふれ、語っていくことになる。

第二部　青年と娘

一　上京

海野玄太郎は一九三五年（昭和一〇）、近江の町で生まれた。

敗戦の詔勅を母の絹と二人で聞き、真空管式四球ラジオの音は、ザアザアと雑音が入ってよく聞き取れなかった。雑音がなくても、国民学校四年生の玄太郎には理解できなかっただろう。

戦争が終ってみれば、家族や親戚、縁者も皆亡くなり、遠い昔の人となっていた。母一人の手で育てられ、この町の大学を卒業した。

一九五八年、東京に本社があり近江商人の流れをくむ中ノ井商事株式会社の求人に応じた。大学の成績は見るも無惨なものであったから、得意のスポーツでアピールするしかなかった。

その年、不況の底にあったが、中ノ井商事本社は、例年通り大卒者を三人採用予定と求人票に書いていた。大学指定の東大、京大、近江経営大の各一名である。この年、高卒生は三〇人の採用予定であった。

中堅の上場会社で、現在七代目社長中ノ井源一郎は五〇歳を越えたばかりである。働き盛りの剛柔兼備の猛者と思いきや、七福神の絵から抜け出した福禄寿のような円満相の人であった。

一九四七年の求人開始から、近江経営大学は毎年一名を指定採用されていたから五八年度のこの年までに一一人の先輩が入社している。そのうち五人がすでに中途退職しているので、苛酷な職場であるのは間違いなかった。玄太郎は、それも承知の上でこの求人に応じた。一名の求人に一名の求職者では、何かとんでもない失敗をしでかさない限り、採用は確実であった。

一次試験は書類選考とペーパーテストで、これを通過すれば最終選考の面接に進む。面接に残った大卒生のうち、一人は東京大学法学部の岡本光一、一人は京都大学経済学部の井上大竜、三人目が近江大学経営学部の海野玄太郎である。

人事部の応接室は、さして広くもないが左の窓から陽が差し込み、眩しいほどの明るい部屋であった。

面接官は社長、人事部長、同課長、同係長の他、女性が一人庶務係として付いている。会社側は長机を前に、各人の机上に選考書類を置き、脚高の肘掛け椅子に横並びに腰かけている。

受験側は折りたたみ椅子に座って、適当な間隔をあけて、これも横に並んだ。空席の椅子が面接官の中央正面に置いてある。

係長が岡本を呼び、正面の椅子に座らせる。課長が質問する。

「あなたは当社で、どんな仕事をやってみたいと思われますか」

「はい。法学、それも商法を専攻しましたので、お客様の苦情処理係のようなものをやってみたいと思います」

「おやおや。それは頼もしい限りですが、すると岡本さんは当社の取扱商品に苦情が多いとでもおっしゃる？」

「いえ、そのう、もしあればの話ですが」

岡本は、しどろもどろになった。

「井上さんにも同じ質問をいたします。当社では何を？」

「私は経済学、専攻は会計学ですので経理事務を希望いたします」

「それは有難い。ですが当社には専属の経理士、公認会計士、弁護士も置いておりますが」

「はい、それはそうでしょうけれど、事務の手伝いでもと思いまして」

井上も、へこんだ。

「海野さんは、何を？」

「私は経営学ですが、営業をやらせてほしいと思っています」

「ほう、それは有望ですね。営業をやってどうします？」

「営業は最前線ですから、御社の事業の全体を見渡すのに便利かと」

「君の便利のために営業を、とおっしゃる？」

玄太郎は黙った。不甲斐ない奴め。百戦錬磨の企業人に学校を出たての、まだ卒業予定者に過ぎない若造が何と答えれば良いのか。玄太郎は自分を呪った。

「では、お訊ねするが、何か特技でも」と課長は続けた。待っていた質問である。

「腕立て伏せを、少々」

「ほう、何回くらいお出来かな」

「片腕立てで五百回くらい。何ならここでご覧願えますか」

「いえ、結構です」

課長は顔色を変えずに言った。

係長が立って、社長から順に部長、課長と何やら耳打ちしていた。やや間があって、課長は書類を確かめるようにページを繰ってから言った。

「面接は終りました。みなさん、お疲れ様でした。最後に部長から一言いただきます」

えっ？　何だって？　たった一問に答えるために、ここまで出てきたのか。玄太郎は中ノ井商事のいい加減さに驚いた。

「君たちは、我が社にとって将来有望な人材です。いくいくは重役にもなって、我が社の屋台骨を背負って立つくらいの気概と迫力を期待いたします。一問一答の中に、それが見られるかどうか試させていただきました。その点では残念ながらお三方とも〇点です」

なに〇点？　なら不合格か。受験生にまた緊張が走った。

「ですが……」と部長は続ける。

「〇点は、もうそれ以上下がりようがありません。これからは百点に向かって努力されるように希望いたします」

係長がもう一度、立った。

「結果は、後日書面で通知いたしますが、ここでは口頭であらかじめ申し上げておきます。お三方とも当社に内定合格といたします。気を付けてお帰り下さい」

何だって？　玄太郎の心は真っ赤になった。他の二人の受験生も拍子抜けの態である。面接の前から、とっくに内定されていた。顔を見ただけではないか。たった一問の答にみんな皮肉を言われた。冗談じゃない、と玄太郎の赤い心は、一回り大きく膨らんだ。

――君の得意は何かね。

――はい、スポーツです。

――ここで何かやって見給え。

では失礼して、とかなんとか言って腕立て伏せを左手で百回ほどやれば、彼らもびっくりして採用するだろう、と空想したりしていた。

二人のエリート大学生は、ここでの屈辱をバネに、やがて社の中で重用され、トップの地位を占めるであろう。おれは体格だけを見込まれて、用心棒でもやらされるのがオチだ。

内定通知が来て、卒業式が終りもしないのに出社案内が入っていた。出社日は三月一日、卒業式は三月一五日である。これは労働基準法違反ではないか。玄太郎にも、それ位の勘は働く。

学生課に問い合わせると、三月中は試用期間であるという。何かヘマをすれば解雇の口実にするつもりであろう。内定は採用と同等の効力がある。いまさら内定を取り消されても、就職先はもうどこにもない。

母を一人、故郷に残して行くのは気が引けたが「大丈夫やよ」と太っ腹の絹は動じなかった。

中ノ井商事の従業員数は本社に約五百人、あとは支社の大阪、神戸、北九州の三カ所で約五〇人。関東と東北に支社を広げる予定がある。取扱商品は呉服物からはじまったが、化学繊維、合成繊維の波にあおられ、絹糸、綿糸関連産業に斜陽が来た。

三井、住友、三菱、安田などの大資本は戦後の財閥解体で打撃を受けたが、朝鮮戦争の金物景気で生き返り、急速に独占資本となる。独占資本系列も、それ以外の商事会社もまた、流通業界で然るべき地位を確保するためには、単種の商品を扱うだけではやっていけなくなった。

中ノ井商事も時流に遅れまいとして、繊維製品全般に加えて、ファッション衣料、化粧品、玩具や人形類、食料品など、卸売、小売業者の望むものなら何でも調達しようとした。外国貿易は国内の大資本と先進経済大国に侵食されていない発展途上国をねらった。東南アジア、アフリカなど需要のないところこそ市場だ、との格言に従って開拓に努力した。

ただし、中南米諸国はアメリカ資本に抑えられて手が出なかったのだが。

海野玄太郎らが採用されたのは、朝鮮戦争による特需景気が終り、次の高度成長期へと走り出す前の低迷期であった。社員は、まだ高校生が主流で、大学生は幹部候補生として採用された。中学生は集団就職の時期を終ろうとしていたが、高校への進学率が上がるにつれ「金の卵」といわれて優遇された。

中ノ井商事は中堅企業として、ここ数年のうちに本社従業員を倍増して各支社を含め、一千名とする計画であった。労働組合は全織同盟に属し、ほとんど全員が同盟員である。中央本部は経営者団体となれ合いの右派幹部が主導し、全国組織の日本労働組合総同盟、略称「総同盟」に参加している。

下部組織の中ノ井商事労組も、ご多聞にもれず御用組合で、組合の役員になって出世し会社の経営陣に加わっていくというようなコースが用意される。

これにあきたらず「資本からも政党からも独立、要求で一致」をスローガンに、中立労連一般労組中ノ井従業員組合に参加する人たちも、少数ながらいた。

玄太郎が新入社員研修や同じ営業部の先輩から聞き知った、会社のアウトラインである。

それにしても、と彼は考える。東大の岡本光一、京大の井上大竜がなぜこの社を選んだのか。高級官僚、法曹界、政治家はともかく、メジャー産業に君臨するトップ企業にも入り得たであろうに。

「おれか」と岡本は問い返した。

同期入社のよしみで三人は時々、食事をしたり飲みに行くようになった。喫茶「オーシャン」と赤ちょうちん「風太郎」は格好の溜り場になった。その夜は「オーシャン」である。

「おれは天才なんだな。高校も大学も入試問題など、どこに仕掛けがあるか一目で分かるんだな」

岡本は言ってのけた。長身で端正、健康そうな顔色をしている。彼の言葉も、それほど傲慢な響きを感じさせなかった。

「おれが政治家になってどうする。占い師にでもなった方が、よっぽど性に合ってる。ここに入ってやったのは、あれだよ、中位の力で働いておれば、自然と重役にもなれる。悠々とやっているこの社の行き方に共感したんだな。何事も一所懸命になるなんて、愚の骨頂だよ。仕事は半分遊びだな」岡本は人事部を希望したが、総務部総務課に配置された。

「お前はどうなんだ」岡本は井上大竜に訊ねた。

井上は細身な上に小柄であった。玄太郎と並ぶと大人と子どものように見える。

「おれの成績は、それほど優秀じゃない。京大に入れたのは偶然だ。それに経済学なんて役に立たないよ。これからの日本は成長期に入る。それは確実だね。けど、その反動は必ずくる。景気変動の法則だよ。その時になって泣かぬようにしなきゃあな」

彼は倉庫部に行かされた。

「上に見る目がなかったってことだよ。おれはチマチマと荷物を点検し、伝票と帳簿とニラメッコして一日が終る。夢も希望もあるもんか」彼は不平居士らしかった。

「ところで、お前はどうだ」

岡本が仕切って、玄太郎に番が回った。

銀行のビルが立ち並ぶ中央通りを北へ向かうと、右に高島屋、左に丸善が見える。この辺一帯は江戸時代からの老舗もあり、その一角にくい込むようにして中ノ井商事の社屋はあった。中央通りと江戸通りの交差点を右に折れると小伝馬町、馬喰町、横川町へと出、商店街と繊維街が続く。

西野町三丁目から一丁目は五〇店余りの商店が軒を連ねる。三丁目だけでも食料品から衣料品まで、日用品なら何でも手に入る。花屋、理容、美容店もあるが、銭湯だけは一丁目のはずれにあった。三丁目の真ん中あたりに喫茶「オーシャン」はある。

岡本と井上は独身寮に入り、玄太郎は一丁目の一軒家の二階を借りた。

「オーシャン」の雰囲気は良い。朝の六時半に店が開き、通勤客でひとしきり賑わう。飯物はカレーライス、オムライスにコーヒーが付いて、これも人気である。夜は常連以外に客はなく、比較的静かであった。

ガラス戸を引いて入ると、銅鐸型のベルがゆれて鳴る。左の奥に六人掛けのソファシートがあり、夜の三人はいつもここに陣取る。

玄太郎は朝と夕方の常連である。通勤の前後には、ここで鋭気を養い、あるいは疲れを癒す。ここから社まで一キロ内外だから、散歩には物足りない。

アルコールは夜、ビールのみ扱っている。三人はビールを飲んだり、コーヒーを取ったりした。

「おれか」と玄太郎は答えた。

「おれは学問は苦手だ。スポーツ以外に何も出来ない。営業は外回りが多いだろうから、希望したんだ。足がなまらないようにね」

「すると希望の部署につけたのは海野だけじゃないか」岡本は、さしてうらやましくもなさそうに呟いた。

「みんな案外、人生設計ができていないな。世の中、教師の勤務評定反対だとか、三井の三池炭鉱をつぶすなって、大騒ぎだよ」井上が警鐘を鳴らした。

「世の中がどうした。三井がなんだ。大事なのは自分だぜ、大竜」

「それはそうだが、岡本は冷静すぎるよ」

玄太郎は一人でコーヒーを味わっていた。だが彼は考えていた。面接試験がまず序盤であった。中盤は入社式の社長の訓辞である。

壇上の社長は面接で始めて出会った時の、あの柔和な表情は消え、仁王の如き形相で立っていた
四階建てのビルを上に継ぎ足して、六階建てにしたばかりの、その最上階に大会議室があった。都内の幹部社員百名を一堂に集め、各地の支店長クラスも参加している。筆頭常務をはじめ、各担当専務、部長連中を壇の左右に侍らせ、中ノ井社長は中央のマイクの前にたっ

た。

新入社員は高卒生三〇人、中卒生五人、大卒生三人の計三八人。前列に横並びに坐った。左右と後部座席には役付社員がとり囲んでいる。

「諸君、入社おめでとう」

マイクを通しても、やっとうしろの席に届くか届かないかの低い声であった。やや間があって静寂が少しゆらいだ。途端の大音声が、そのゆらぎを吹きとばして、響いた。

「だが私は諸君に、単純におめでとうというつもりはありません。わが社には安永元年創業以来百八十六年の歴史と伝統があります。しかしながら、それらは一瞬にして地に落ちる危険性を常に伴っております。信長も秀吉も天下人ではあったけれど、いわば一瞬の人でありました。その点、徳川家は家康公を初代として一五代も続いた。そこが彼の偉大なところであります」

まさか戦国時代が出てくるとは思わなかった。玄太郎は苦笑した。

「我が社の行くところ、いつでも、どこでも戦場と思っていただかなければなりません」

なるほど、それで戦国時代か。玄太郎は少し納得した。

「諸君が手を抜こうと思えば、いつでも手を抜ける、楽をしようと思えば、いくらでも楽ができる。しかし真の楽と安らぎは戦いと努力のあとからやって来るのです。それに反して日々刻苦勉励、日夜精進を積み重ねれば、その報いは歴然として無限であります。先輩に教えを乞い、同輩に負けず、胸を張って社業に励まれるよう、希望いたします。我が社訓は日々努力と熱意であります。努力と熱意をもって事に当たれば、向うところ敵なく、成功疑いなく、勝利の女神は諸君の頭に輝くでありましょう」

何だ、戦場訓話じゃないか。それも、いつの間にか家康が女神に変わった。これでは中卒生にも判らないであろう。中学校の校長だって、スポーツの監督だって、もっとましな話をする。仕事は仕事である。仕事をしながら社内のスポーツクラブのコーチでもして、実業団競技で有能な選手を育てる。オリンピックに選手を送って、自分が果せなかった夢をかなえる、そんな望みは社長訓話とともにけし飛んだ。

レスリングをやっていた時は、監督やコーチはもちろん先輩や同僚の指導や助言に真剣に耳を傾け、後輩の長所も学び、自己の技をみがいた。練習中に他人に対して反感や抵抗を感じたことなど一度もない。鍛錬が楽しみでさえあった。緊張するのは公式戦の直前である。だが、この今の空気はどうだ。職場を戦場にたとえるなど、論外ではないか。彼が切れ切れに学んだ経営学も、労働者にとって働きやすい環境こそ、労働のモラルをアップさせる、と教えた。働く条件の向上が生産性の上昇につながる、と近代経営学者たちは指摘していた。

あの社長の普段のエビス顔に騙されないようにしよう。彼は真剣勝負の直前のように、今度は身を引きしめた。とはいえ彼は経営者側と対立して、会社の改革に挑戦しようなどというような野心は毛頭なかった。日々快適に身体を鍛え、日々楽しく過す。これさえできれば、わが人生に悔いなしだ。

総合流通部第二販売課第五係に所属させられた。商品は子ども向けの玩具、人形類、日ものする菓子などである。係毎に朝のミーティングがある。係は、さらに班に分かれる。第五係長は三年先輩の尾上一郎である。三年で係長とは、と玄太郎は驚いた。

玩具中心のこの係は、子どもの言動、親の関心、流行の情報を毎朝出し合う。今あるニーズだけではない。ニーズを作りだし、研究部開発課に報告する。工夫を重ねてイラストを描く。そこからは下請工場の仕事だ。試作品を持って得意先を回り、新規開拓にも精を出す。ミーティングは十分間。その日の行動を確認し合って散会。各係員は、それぞれの鞄に在庫品のカタログと試作品をつめて、出発する。

玄太郎の社内研修後の初日には、係長の尾上が付いた。

「明日からは、君一人だからね」尾上は、ぶっきら棒に言った。

第五係は三班あり、班長を含む各五人、計一五人のメンバーである。大卒社員は尾上と玄太郎だけで、あとは高卒社員である。庶務は女性社員が二人で販売課全体をとりしきった。電話の応答、来客の応対、伝票と各種書類の整理など、一括して「雑務」と称されているが、目だたない、しかも重要な仕事である。

坂本みどりは十年選手で二八歳、独身。面立ちくっきりとし、めったに笑顔を見せない。中村華江は高卒二年目で来年成人を迎える。小柄だが動作は機敏。汗をかきながら走り回っている。

新入社員の研修は決められたグループ毎に三日間、特別室で実施された。玄太郎と岡本光一、井上大竜の三人が一緒で、講師はなぜか販売係長尾上一郎である。

「わが社の株式会社としての創業は明治になってからだが、前史は古い。社史が出ているから読んでおくとよい。近江商人の流れを引く丸紅、伊藤忠、丸萬はじめ、三井、三菱、住友など大手商社があり、わが社のような中堅商社は山ほどある。規模はどうであれ、わが社も元は近江商人、どの商社にも負けない道を切り拓く自負を持っている。自信を持って働いてくれ給え。とくに君たちは幹部候補生である。いくいくは、わが社を背負っていってもらわなければならない。海野君、覚悟はできているかね」

突然の指名に玄太郎は途惑った。覚悟？　覚悟って何か。何の覚悟だ。試合に臨んで、勝つ覚悟ができているかなんて、どの監督もコーチも言わなかった。「いつもの通りいけ」「力を抜け」などが普通で「最善をつくせ」が口ぐせのコーチもいた。

「海野君、君、わが社によく入れたね」

あっけにとられた。よく入れた？　あんたはどうなんだ。よく入れた口かい、と言いたかったが我慢した。四日後には、この男の後について、営業に出ることになっている。先が思いやられた。上司なら何を言っても許されるとでも思っているのか。ここがリングなら一撃の下に倒してあげようというものだ。

しかし、何か仕出かして一日でクビでは故郷のおふくろにも言い訳が立つまい。ここは互いに見合ったままの持久戦でいくとしよう。

「二、三年下積みの仕事をする。そのうち主任が回ってくる。うまくいけば、すぐに係長だ。ただし君たちが、わが社にどれだけの貢献をするかにかかってはいるがね」

こんな話を聞きに来たんじゃない。彼は「研修」を上の空で聞いていた。


坂本みどりは不愛想であった。そのみどりと何となく気が合った。彼女から「玄ちゃん」と呼ばれた。常公とか染太野郎とか呼ばれる男性もいた。

「なんで僕が、ちゃんなんです？」

「でっかくて、怖そうだけど、話してみると何も知らないから、赤ちゃんのちゃんよ」

ふっくら顔で大柄、機転が利く。社内の情報や、仕事の要領だけでなく社員たちの人柄や特徴もよくつかんでいる。


社屋から逆に辿ると、国道のガード下をくぐって西へ、信号を二つ越え、左に曲がると下町風商店街が見えてくる。西野町三丁目から二丁目を抜け一丁目を出ると、玄太郎の下宿である。

朝は東から陽が差し、心持良い。三丁目の「オーシャン」でコーヒーを飲み、出社する。

一日だけ尾上がついてくれたが、あとは一人でのご用聞きである。大きな黒の鞄に、パンフレットと見本を詰め込む。

「ついでに、これも持って行きな」と尾上は小さな化粧箱を渡した。

「何です」

「石けんだよ」

「石けんも売るんですか」

「わが社の試作品だ。これが売れれば目玉商品になる」玄太郎は嫌な顔をした。

「何も売れるまで帰るなとは言わんよ。その代わり、一週間で何がどれだけ捌けるか、見物だな」

何がその代わりだ。玄太郎はますます顔をしかめた。

「何だ、その顔は。笑って行け、笑って」

定時出勤、定時退社に決めた。これで給料がもらえるなんて、楽なもんじゃないか。それでも都電に乗ったり降りたり、階段を下りたり上ったりと、案外疲れる。スポーツとは、また違う。土曜の午後は近くのスポーツセンターで筋肉トレーニングに汗を流した。

一週間後、尾上係長に呼び出された。

「成果はどうだ」

上から見下すように言った。玄太郎は座ったままでも彼の頭と同等の位置にある。座っていては失礼だ。立ち上がって返答した。

「何もないです」

「一つもか」

「一つもです」

「どんなやり方をしているんだ」

「相手に会って、名刺を渡して、カタログを広げて……」

「誰に会ったんだ」

「係の人です」

「名刺もらったか」

「いいえ」

「相手の名前も知らず、名刺ももらわずか」

「はい」

「それじゃあ、買う気にもなれないだろう。部長に会う、部長がダメなら課長だ。こちらは一流商社のつもりでいけ。位負けするな。名刺は必ずもらう。ストックブックに整理しておく。名刺の数も勝負のうちだ。君はレスラーだったそうだが、立ち上がる前に負けているようなものだ」

「お言葉ですが、レスラーではなく、アマチュアレスリング、フリースタイル、ヘビー級の敗者です」

「敗者は余計だ。これからは、その体格に物を言わせて売って来い」

「お言葉ですが、体格は物を言いません」

「屁理屈を言うな。とにかく売って来い」

屁は理屈を言いますか、といいかけて、下品になるのでやめにした。


尾上一郎に、またもや呼び出された。あれから一カ月後である。

「成果はどうだ」

「お得意先の定期注文が二つ三つです」

「君は何を売っているのだ」

「我が社の商品です」

「販売とは何かね」

「商品を売ることです」

「君は販売とは何か、考えたことがあるかね」

「ないです」

「販売とは商品を売ることではない」

「はい?」

「心を売る」

「はい?」

「人間というものはね、自分のことさえ自分で思うようにはならないものだ」

「はい」これは玄太郎の実感でもあった。

「人に物を買ってもらいたいなら、その人の心を動かさねばならない」

「はい」

玄太郎は頭を下げたまま、この日は素直に聞いていた。成果も上げずに理屈を言って何になる。

「君は売ろう、売ろうとしているだろう。悪いのは自分でない。買ってくれない相手が悪いのだと思っているだろう。人を非難したり悪口を言ったりするのは、どんなバカ者でもできる。バカ者に限って他人のせいにしたがるのだ」

「私はバカ者ですか」

「世の中には、自分をバカ者と思わないで、見当違いな努力をする者がいるのだ」

思い当たる節は、ある。

「君は正しい話をし、正しい態度で、相手と接していると思っている。だけれども正しい議論をいくらしたところで、相手の心が動かないなら、正しくない議論をしているのと何ら変らない。違っているかね、海野君」

「いません。では、どうすれば良いのですか」

「君のその野太い首の上に、くっついているものは何かね」

「頭です」

「そのでっかい頭で、ようく考えて見ることだな」

　玄太郎は次の日から、やり方を変えた。じっと黙ったままで相手と対した。人は他人に関心を持たない。ひたすら、自分、自分、自分である。朝から晩まで自分である。それなら、と考える。これからは他人に興味を持つようにしよう。

　レスリングに勝つ方法を忘れかけていた。相手を知ることである。相手の身体、相手の技、相手の動き、相手の得意、相手の心。それを知れば百戦危うからずである。他人に興味を示せば、他人もまた自分に興味を示してくれる。

「立派な体格をされていますが、何かスポーツでも」

「恥しながら、格闘技を少々」

「恥しくなんかありませんよ」

　世の中はプロレス全盛の時代に入っていた。話題は、互いの趣味の話になり、話はつながっていく。玄太郎の班の売上げは、少しずつ伸び出した。

家主の今西伸江は中年の上品な女性で、一人暮らしらしい。賄い付きだが風呂は一階にあって彼女専用である。階下に住み、いつも着物を着ていて、誰かの第二夫人でもあるかのように、なまめかしかった。無口で、彼と打ちとけて話をするという風ではない。中ノ井商事の社員というだけで、信用があるようだった。

朝はホカホカのご飯に味噌汁付きの和食で、昼の弁当も作ってくれ、夕食は夕食で工夫された手作りの料理が出る。味もなかなかのもので、ご飯は食べ放題。玄太郎は大満足である。

初任給は手取りで一万五千円。下宿代が四千円。母への仕送りが七千円、残りの四千円が手元に残る。酒、タバコはやらず、マージャン、パチンコ、ギャンブル類は一切関心なく、本も読まなかったから、貯金ができた。

当時、公務員の初任給が八千四百円と聞いていて、余りにも安いので驚いたものだ。

三丁目商店街は早朝から店を開けている。花屋、豆腐屋、八百屋は、とり分けて早い。

下宿を早めに出て「オーシャン」に寄る。ブラックコーヒー党である。朝日の差し込む窓際に陣取って、備え付けのスポーツ紙に目を通す。くつろぎの感覚が、体内をほぐしていく。

客たちの煙草の煙は、店内の空中にうずまき、斜めになって光の中に浮かんでいる。彼らも、ここだけが憩いの場所ででもあるかのように落着いて見えるが、それぞれの時間が来ると、そそくさと立っていく。

二　出会い

会社の帰りには、一丁目の赤ちょうちん「風太郎」も待っている。喫茶店と居酒屋は労働者にとって、唯一の安らぎを与える宮殿なのかも知れない。玄太郎のいかつい顔にも自然と笑みがこぼれてくる。

彼には、もう一つの楽しみがあった。三丁目商店街の中ほどに「丸花」という花屋がある。店長夫妻と長男、それに妹らしい女性の四人で働いている。朝は妹が胸までの長靴をはき、ゴム手袋、透明のビニール製の前かけで身を包み、きびきびと働いている。掃除、打ち水、花たちへの養生と手当て。その初々しい姿が毎日見られるわけではない。彼女と出会った時は、その日一日、何か良いことがあるように思えた。

彼女とは、まともに顔を合わせたことはない。声をかけたり、あいさつを交わしたこともない。横顔か、うしろ姿を見て通るだけである。中肉中背で身体全体がふくよかな感じだ。客と応対している時の満面の笑みが、こぼれ落ちそうで、その笑顔に魅せられない者は誰もいないであろうと思われた。声は湿り気があり、中音で甘い。


半年ばかり店の前を通って、はじめて目が合った。

「おはようございます」

彼女からのあいさつに「はい」としか答えられなかった。それも目を伏せたまま。黒い顔に朱が交じり、胸が高鳴った。足早に会社に向かい、デスクに腰を下しても、動悸は収まらなかった。

何が「はい」だ。「はい」とは何だ。返事らしい返事をなぜしなかったのか。

「玄ちゃん、今朝は何かあったでしょ」みどりは敏感だった。

「いいや、何も」

「何かいいことあったでしょ」

「ないですよ」

「犬にでも追いかけられたの？　犬の方が逃げるだろうけどさ」

言い返す余裕は、なかった。これからは、こちらから声をかけよう。そのうち会話もできるようになるであろう。淡い期待に、またもや胸が高鳴った。

三人の同期新入社員は、時には、一丁目の居酒屋「風太郎」に集まった。社内の情報交換の意味もある。互いの近況を語り合ったりもする。入社後、半年も経つと部署の内や外の事情も見えてくる。

倉庫係の細くて小さい井上大竜が、先ず音を上げていた。岡本光一は心配した。

「大丈夫か」

「大丈夫じゃない」

「大分、やせたんじゃないか」

「やせ」を気にしている人間に「やせる」とか「スマート」とか言うのは、かんばしくない。まして「骸骨」とか「がりがり」「骨川筋右衛門」「夏やせ寒細り」などは禁句である。

「大変なんだ。商品の種類がやたら多い。天井に届きそうに積んである。それを、せいぜいハシゴと人力だけで積んだり下ろしたりする。重労働だよ、ヘトヘトだよ」

「伝票をチェックするだけじゃないのか」

「それもやる。要するに倉庫を通じて商品の動きをつかむ。何でも経験しないと上へあがれないっていうんだよ。玄ちゃん、代わってくれよ。お前だったら、軽いもんだよ」

串カツにネギマとか、おでんとか思い思いの肴が出揃ったところで、ビールで乾杯となる。

玄太郎はビールならコップ一杯で十分、酒なら猪口で二杯が限界である。

「おれか、おれは販売で満足だ」

「もう売れたか」

「何とかコツが飲みこめてきたところだよ。大竜も一年辛抱して主任、三年で係長、今が我慢の時だよ」

「三年ももたないよ。中卒の子が、おれの三倍もの荷物を肩にかつぐんだ。悠々だよ、いやになるねえ」

「係長に言って、事務専門に代えてもらえよ。それとも常務に直訴するか」と岡本が言う。

常務は二人いる。筆頭常務と第二常務である。

「石の上にも三年だよ。大ちゃん、応援するよ」玄太郎は慰める側に回った。

「お前はどうだ。光ちゃん、総務でのうのうとやってるんだろう」と井上。

「なかなか。言うほど簡単じゃない。大学での勉強が何の役にも立たないんだからな。何をするにも慣例って奴だ。今はその慣例を覚えるのに四苦八苦さ。そのうち告訴してやろうと思っている」

「誰を告訴するんだ」

「もちろん会社だよ。あるいは先輩か。おれ様をいたぶるんだ。稟議書作るのに、ふうふうだよ。いちいち漢字の間違いを指摘してくるし、文書の形式になっていない、とかってね」

玄太郎は、その点ではみどりと仲良くなって得をしている。

「なんだ、そこの二人。一流のエリート社員が愚痴ばかりじゃないか。先輩や同僚と友だちになれよ、親切にしてくれるからさ」

彼は、この時二人の優位に立っていた。それに、おれには朝夕「オーシャン」のコーヒーがあり、「丸花」の娘がいて、職場にはみどりがいる。幸せだなあ、と自然に笑みがこぼれた。


七月の蒸し暑い夜、三人はもう一度「風太郎」に集まった。あれから一カ月、井上がいやに太ってやって来た。

「どうしたんだ、大竜、どこか悪いのか」

岡本光一が先に声をかけた。確かに井上の顔色は悪かった。いつもは蒼白いのだが、今は黄色になっている。

「二週間の静養を要すとの診断が出た」

「どこが悪いんだ」

「いやに食欲が出始めてね。社内食堂のおかずは一皿だから、めしを丼鉢で二杯は喰うようになったんだ。食卓塩をふりかけて喰うのさ。そしたら急に太り出した。太ったのは嬉しいけど、今度は内臓をやられた」

「病名は何かね」

「肝炎と腎炎が一度に来た」

「おいおい、そりゃあ大変じゃないか」

玄太郎は二人のやりとりを黙ったまま、聞いていた。言わんこっちゃない。いくら頭が良くったって、小さな身体で重労働なんかできるわけがない。おれのように適当にやってるのが一番なんだ。

岡本は気の毒そうであった。

「おれから常務に言ってやるよ。ここは良くなかったな。三丁目のオーシャンに席をかえようじゃないか。玄太の得意先だからさ」

「今来たところだ、飲めるもので済まそうや」

玄太郎は乗り気でなかったが岡本は「薄情なことを言うもんじゃない。出よう、出よう」と言う。

「おやじさん、すまないね。また来るから」

三人は「オーシャン」に向かった。風が出て心持良く感じられる。夜の店は静かであった。客は二組ほどで、レコードからビートルズの歌が流れている
すぐに話の続きになった。

「光一、お前、常務と顔なじみか」

井上は、むくんだ顔を向けて、すがるように聞いた。

「総務にいると、いろんな情報が入ってくる。社長は子どもがいないし、次の代は筆頭常務の片岡史郎に跡を継がせるようだ」

「なんだ、そんな話、誰でも知ってるぜ。常務の娘と結婚したがっている社員が何人もいるらしい」

「その常務に頼んで、倉庫事務に代えてもらうんだ。お前、そのうちつぶれるぞ」

「うん、まず主任に相談してみる」

井上は自分で結論を出した。


井上に病気休暇二週間と第一倉庫係の庶務担当への配置転換が課長から言い渡された。その日、三人は「オーシャン」に集まった
「良かったじゃないか。ゆっくり静養するんだな」

岡本は本気で喜んでいるのか、競争相手を一人蹴落して、しめしめとほくそ笑んでいるのか、疑わしいところがあった。

「それが、常務に呼び出されてね」井上は浮かぬ顔をした。

課長が「常務が呼んでいる」と伝えに来た。今朝のことである。

「井上君だったな。君たちは下の者の手本にならなければならない人材だ。日頃から内臓が

弱いのか」

　筆頭常務の片岡は回転椅子をぐるりと回して、井上に対した。

「そうらしいです」

「そうらしい？　自分の体だろう。らしいというのはないだろう」

「はい」

「日頃の摂生と仕事の自覚が足らないんじゃないか」

「はい」

「身体の不調を業務のせいにするな。大体病気というのは気のせいだ。悪いと思うから悪くなる。元気だと思えば元気になるんだ」

「はい」

　長身で、長い顔の常務の言葉は、病気をさらに重くするようなものであった。

「君をわざと酷使するために、重い物をかつがせているんじゃない。部長にも重役にもなろうという君たちは、下積みの苦労を身体で覚えておく必要があるんだ。配置がえの話は君が出てきてから、考えるとしよう」

「はい」

　配置転換は、課長からもう決まったものとして聞いている。それが病気を治してから考えるというのか。井上は異議を申し立てるほどの勇気はなかった。

「良かったじゃないか」

岡本はもう一度言った。「おれたち期待されているんだよ」

「おれは、そうは思わんね」　玄太郎は不愉快だった。「人をバカにしてるんだな。おれたちみんな使い捨てだ」

「まあまあ、玄太。ここは大竜の全快を祈るとしようじゃないか」

岡本が、この場をとりもった。


九月、入社から七カ月に入った秋、路地裏にコスモスが顔を出していたが、雨が降っていた。井上は回復し、念願の倉庫事務に就いた。

からだを悪くしないと人事の希望も叶えられないのも困るが、会社に対抗するはずの多数派の労働組合は、御用組合であった。

三　労働組合への誘い

　半年ほど前、三月から四月にかけての、試用期間と社内研修が終ったすぐの頃である。社内食堂で玄太郎が一人、弁当を広げていると、二人の女性がやってきた。二人とも販売部で白川早苗、山岡糸子と名乗った。販売部といっても広い。彼女たちとは初対面である。

「あの、海野さんは下宿をされているんですって」早苗が、たずねた。

「ええ、そうです」

「今夜、お時間おありでしょうか。もし良ければ寄せていただきたいのですが」

　玄太郎は驚いた。先輩とはいえ、また二十歳代であろう女性たちに、下宿へ来られるのも、どうしたものかと思案した。

「何の話でしょうか」

「それは、お伺いしてからの、お楽しみということで」

決断を要するほどのことでもなかろう、と彼は思い直した。

「では、楽しみにしていましょうか」

「ああ、良かった」と糸子が、はじめて口を開いた。いかにも嬉しそうであったから、彼も頬をゆるめた。

夕食を済ませたところへ、二人はそろってやって来た。二階の奥の間が八畳で、階段を上がって入ったところが六畳である。ここには家具類は置かないようにしている。押し入れから座布団を出す。家主の伸江が茶を持って、上がってきてくれた。

小柄で若い方の糸子が、その夜は先に口を開いた。

「あの、灰皿はないでしょうか」

「灰皿？　ないです」

玄太郎は中学生の頃、試しに吸ってみたが気管支を通らず、それきり止めにした。他人が吸うのは気にならなかったが、スポーツ界では誰も吸わない。女性が吸うのを見るのは珍しく、むしろセクシーでさえあった。

「実は海野さんに私たちの組合に入っていただけないだろうかと、お願いに上がりました」

背の高い方の早苗が、一息に言った。

「組合？　スポーツか何かの？」

早苗は笑った。

「いえ、労働組合です」

「それは全員入るのですか？」

早苗は、また笑った。糸子はソワソワしている。

「私たちの組合は合同中立労連一般従組中ノ井支部といいます。従業員五百人のうち一〇人ほどで作っています」

「あとの四百九〇人は？」

「全繊同盟に入っています」

「なぜ皆さんは全繊同盟とやらに入らないのですか」

「御用組合だからです。失礼ですが、ご存知ですか」

「会社のご用を承って、ご機嫌とって、出世のタネにしようというのでしょう」

「よく、ご存知で」

「これでも経営学を勉強しました」彼は嘘をついた。ろくに勉強などしていない。

「失礼しました」

「新入社員には全員、加入をすすめて歩くのですか」

「はい、そうです」

「岡本光一と井上大竜は、どうしましたか」

「全繊同盟だと思います。うちの方は断られましたから」

「やっぱり。それでは私は、あなた方の組合に入りましょう」

「ほんとですか」

「私は嘘をついたことは、一度もありません」彼は、また嘘をついた。

「やったあ」早苗と糸子は互いの両手をパチンと合わせた。

「申し遅れましたが、わたし支部の委員長をしております」と早苗が言った。

「わたし、書記長です」と糸子。

「私には何もできませんよ」彼は牽制した。

「いいえ、十人力ですわ」

「格闘技なら二、三人ほどはぶっとばせますがね」

彼は調子に乗って言い、彼女たちは顔を見合わせて笑った。

「実は組合員は九人、海野さんを入れて十人に到達しました。女性が八人、男性は二人、大卒者は海野さん、おひとりだけなんです」

糸子が説明した。

玄太郎は絶句した。明治の企業経営化についていけず、姿を消した近江商人が多いなかで、中ノ井商事は生き残った。お客さま、世間さま、おのれさまの三方良し。近江商人の良さ——世のため、人のため、おのれの利益はあとからの家訓を引き継いで、堅実な成長を見せているこの企業。その正体を見たように思った。

それでも九人の侍たちがいるのは心強い。十人が、ついに五百人になる可能性がないとは限らないではないか。

「驚きましたが、それなら私などでもモテるでしょうか」

「もちろんですとも」

彼女らは、また顔を見合わせて笑った。

その三日後、海野玄太郎は社長室の隣りの応接室に呼ばれた。

深い濃茶色のソファがあり、係長の尾上と四十がらみの見知らぬ男が並んで座っていた。尾上が玄太郎に前の席をすすめた。

人を呼んでおいて、先に座っているとは何事か、と彼は面白くなかった。

「早速だが、海野君」と尾上が口を切った。

「うちの労働組合なんだがね」

玄太郎は黙ったまま、二人の顔を代わる代わる見つめた。互いに腰を下ろしていても、どうしても上から下を見る角度になる。

「加入するだろうね」

「しません」

「加入の意志があるかどうか、一応聞いているんだ」

「ありません」

見知らぬ男が、口をはさんだ。

「まだどんな組合か、事情も何も話していないじゃないか」

「係長は存じておりますが、あなた様はどなた様でございますか。お互いに名乗り合うのが武士の習いと申しますが」

男は、今までとは勝手の違う人物と対しているのに、ようやく気がついたようである。

玄太郎にしてみれば、組合もスポーツ団体も武士団も同じようなもの、というほどの認識である。対戦する時は、互いに礼を交して始めるのが常識ではないか。

「いや、これは失礼した。私は労務課の宮川努という者、以後よろしく」

「痛み入ります。私は海野玄太郎、尾上係長のもとで働いております。駆け出し者でございます」

尾上は憮然とし、あとは宮川とのやりとりになった。

「うちは全員、全織同盟の組合員でして、入社されますと、この組合の下部組織中ノ井支部に加入することになっております」

「ははあ、全員でございますか」

「全員です」

「参加しないとどうなるのでございましょうか」

「法律上は何ということもありません」

「法律外は、どうなるので？」

「それは何ともいえませんなあ」

「加入して有利な面は何でしょうか」

「福利厚生面で何かと便利ですし、職階や人事の面でも何かと便利です。とくに、あなたのような大卒生の方には、将来わが社の経営を担ってもらわなくてはなりませんからね」

「福利厚生面で便利なのは有難いですね。食堂のおかずが一品多いとか、休暇が自由にとれるとか、トイレが優先的に使えるとか」

「そんなことはない。そんなことをすれば経費がかかって仕方がない」

「そうすると、加入しないと不利な面は、重役になかなかなれないとか、遠くの支社にとばされるとか、給料がなかなか上がらないとか」

「そんなことはない。そんなことをすれば差別待遇になる」

「大体、学歴を持ち出されるのは嫌いなんです。私は大学といったって形だけだし、会社のお役には余り立ちそうにありませんがね」

「人の生き方は、人それぞれだよ、じゃ加入ということで……」

「それがダメなんです」

「どうしてかね」

「遅かった。もう別の組合に入りましたから」

「エッ？　一般従組？」

「そうです」

「なぜです」

「理由をいう必要がありますか」

「とくにはないが、参考のためだ」

「あなたより先に勧誘に来たからです」

「だれが来た」

「それは言えません。宮川さん、あなた嘘を吐きましたね」

「どんな嘘を？」

「全員、全織同盟だとおっしゃった。一般従組は勘定に入れていませんね」

「あれは少数も少数、会社は痛くもかゆくもない」

「すると、あなたは会社の人ですか。てっきり組合の委員長だと思いましたよ。だいたい組合の勧誘に労務課が出てくるのは、おかしいんじゃありませんか。ここは普通、委員長とか書記長が出て来て当然なのではありませんか。たしかに尾上先輩には、何かとご指導をいただいております。けれども、上司が同席されますと、断りにくいのが普通でしょう。それに会社にとって痛くない組合は良い組合で、痛い組合は悪い組合なんですか」

労働法の講義を思い出し、思い出し、自分でも何を言っているのか分からない論理を展開した。

「そうだ。会社が伸びれば組合員の給料も上がる、会社あっての組合だ」

バカバカしくなってきたが、ここでダウンするわけにはいかない。

「逆でしょう。働く人がいるから会社があるんでは」

「会社があるから君は入社できたんだ。ちがうかね。創業者がいるから人が集ってきたんだ」

「創業者に偉い人がいたことは、認めましょう。しかし偉いといえば、みんな偉いのでしょう。商人資本の元祖は百姓からのし上がったか、武士の脱落者だとか習いましたよ。百姓も田圃をはいずり回って、米を作って、武士を養って偉かったのではないでしょうか」

「君はアカか」

「私はシロです。要するに御用組合なんでしょう」

「君の考えは、ようく判った。覚えておこう」

「私も覚えておきます。今は勤務時間ですね。勤務時間中でも組合活動ができるというわけめてのことだ。自分ながらよく頑張ったものである。

廊下を、うしろから係長の尾上が走って追って来た。

「言われなくとも仕事がありますから」

立ち上がって、うしろを向いた。ふう、と息を吐いた。こんなにしゃべったのは、人生初

「帰り給え」

です。有難いことです」

玄太郎は全繊同盟について、少しばかりの知識があった。

一九五四年（昭和二十九）、故郷の近江で一大争議が起こった。近江絹糸人権闘争である。ワンマン社長を頭とする夏川一族に抗して、若い男性、女性労働者が立ち上がった。

東北地方をはじめ全国各地から集められた中学校を卒業したばかりの彼ら、彼女ら。集団就職で、就職斡旋人の、いわば甘言に乗せられて、寮に押し込まれた。

低賃金、長時間過密労働、深夜勤務はもとより、私信の開封と検閲、外出許可制、仏間での合掌の強要など寮生活ぐるみ、監視され、干渉された。工場は高いコンクリートの塀に囲まれ、その先端にはトゲのある鉄線が幾重にも張られた。朝の日課は仏間での社訓の朗唱、上役の訓辞からはじまり、一番組から工場に入る。三交代制の深夜組はフクロウ部隊と呼ばれた。

玄太郎は、この時、高校三年生で身体の鍛錬に明け暮れていた。市民の中から彼ら彼女らを応援する人々や団体ができ、地元の詩人たちで作る「熔岩詩人集団」も、その一つであった。

ストライキを指導したのは全繊同盟中央であるが、実際は各地各工場の若い労働者たちであり、新組合を続々と発足させた。圧倒的多数の女子労働者を中心に、百日を越える争議を果敢に闘ったが、全繊中央は総評と共産党や地域の市民団体等との共同闘争を嫌い、収束をはかった。

彼たち彼女たちが「人権闘争」に立ち上がる三年前、会社主催の映画会が二階の仏間で開かれていた。上映中、映写機から煙が出て、逃げまどう労働者たちが一つしかない階段に殺到し、二三人もの圧死者と百九二人の重軽傷者が出た。実はもう一つ出口があったのだが、荷物でふさがれ、通常は使われていなかった。

会社に対する不満、恨みは積もり積もって、半封建的労務管理への怒りとなって爆発した。「近江絹糸人権闘争」は輝かしい歴史を刻んだが、以後全繊同盟は右への傾きを強めていく。

玄太郎は、全繊同盟と聞いて良い感じがしない。圧殺死事件のとき映写技師をつとめていたのが、高校の先輩の父親であった。先輩はそのとき京大生であったが、いつの間にか一家とともに、この地を去っていた。責任の大半をとらされたに違いないが、賠償の結果がどうなったかは、知らない。

全織同盟加入を職制にすすめられてから一週間経った頃、同期の三人は例によって喫茶「オーシャン」に集った。

「組合に入らなかったんだって？」

コーヒーを一口飲み、岡本光一は玄太郎に訊ねた。

「お前、どうして知っているんだ」

「総務にいると、いろんな情報が入ってくるんだな」

「大竜はどうした」玄太郎は承知の上で聞いた。

「労務課とうちの係長が一緒に来たんじゃあね。しようがないよ。それに、うちは全員組合員だって言われたからな」

「全員じゃないよ。それに労務が組合の勧誘に来るなんて、おかしいじゃないか。合同一般労組の者は行かなかったのか」

「来たよ。来たけど一日遅かったんだ」

「光一、お前もそうなのか」

「そうだ、合同は後から来たんだ」

「お前たち、先に来ていたら合同に入っていたのか」

「いや、入ってなかった」

「おれも、そうだ」

岡本と井上は、口々に答えた。

玄太郎は、また少し優越感をもった。やっぱり出世が第一なんだ、この二人は。

「おれは少数組合だけど、しっかりしていそうだから合同に入ったよ。それに、おれのところには全繊より早く来たからな」

余計な言い方をしたのが、自分でも判っていた。正々堂々だ。後だとか先だとか、言い訳がましいではないか。

「玄太、あんまりつまらんことに片肘張ってると、乗り遅れるぞ」と岡本は忠告した。

「そうだよ。やっぱり組合は数の多い方がいいからね」井上が岡本に追随した。

「お前たち、オリンピックを見てみろ。金メダルは一人だ。相撲だって優勝は一人だ」

「お前はスポーツさえやってりゃ、いいから気楽なんだよ。おれたちはさ、いくいくはこの会社をマネジメントするために入ってきたんだからな」

「おれは光一や玄太とは、ちょっと違うんだな」井上は珍しく異をとなえた。

「幹部にならなくったっていいんだ。学校の成績も悪かったしね。その点、光一は政財界トップを輩出する赤門の出じゃないか。玄太とも違って、おれは体も弱いしね」

「赤門、赤門というけれど、悪い奴もいるし戦争に抵抗した奴もいるさ。お前だって三高京大ってのは自由を売り物にしているが、結局同じことさ。おれも秀才じゃない。そうでなきゃ上級公務員か法曹界をねらってたさ。商社なら、丸紅、三井、住友、いくらでもあったんだ」

なんだ、初めて出会った時は、何でもお見通しの天才だみたいに言っていたくせに、つまりは学歴出世主義のはずれ組じゃないか。玄太郎は馬鹿々々しくなってきた。

「大卒は少ないんだから、少し我慢すればみんな部長ぐらいには落着くよ」

井上が慰め顔に言った。

「いやいや、小さい会社だから重役にはならなくっちゃ。できれば社長さ」

「おれは平の取締役で十分だよ」井上は、あくまで欲がなさそうであった。

「おいおい、いつの話をしているんだ。おれたちだって係長になるのに三年はかかるっていうぞ」岡本は一転して現実主義者になった。

「時どき情報交換に集ろう。三年後の四月一日には、係長の辞令を持ってね」

井上は決断した様子である。岡本は自信あり気である。

「よし、わかった。組合の情報も交換しよう」

玄太郎は黙っていられなくなった。

「組合のニュースはダメだ。それじゃあスパイみたいになる。おれたちの情報交換は誰が一番に係長になるか、そのためにどうするかに限ろうじゃないか」

「それはそうだ。けれど女の子の情報は例外だよ。どの課にどんな良い子がいるか、とか」

井上は出世より女性と仲良くなりたいようである。

「おれに、そんな情報を期待するなよ。スポーツに関してなら何時間でも付き合うがね」

自分には、それしか能がない。一生涯、スポーツに生きる。経済も政治もない。会社は生きるための手段だ。だから仕事はする。体を使う仕事なら何でもよい。思考力のいる仕事はしない。出来もしないものに、恋々としない。

玄太郎よ、本当か。体を使う仕事にも頭脳は必要だ。スポーツに生きるだと？　聞いた風な口を利くな。お前にスポーツの道はない。お前は他人に生かされて、ここまできた。ご恩になった人たちを忘れたのか。

忘れてはいない。忘れてはいないが、もう自分ではどうしようもない世界に来てしまった。あれこれ考えてもしようがないのは、わかっている。それはそのままにして、生きていく以外に、他にどんな生き方があるというのか。

玄太郎は、わずかな抵抗心から少数組合の中立労連を選んだ。単位組合間に上部下部の関係はなく、機関決定もない協議体である。単位労組ごとに自由な方針をかかげ、自由に活動する。地域の単位労組間の連携は強く、団体交渉にも応援が来る。

初めて団体交渉に参加した。小会議室での交渉は支部組合員十人の全員参加、地域労連からの応援男性三人を入れると、前の三列は埋まる。玄太郎は最後列の左端に座った。

会社側は第二常務、総務部長、労務課長の三人である。重役たちとは目を合わさず、顔を伏せていた。小さな部屋に、職場の女性たちにまじって大きな男がいれば、どんな姿勢であろうと目立つ。

勤務時間内の交渉は経営者側が同意すれば成立する。全繊同盟支部が持つ権利は、同等に獲得してきているようであった。すすめ役は支部書記長、会社は主として労務課長が答弁に当たった。


「では本年度第一回の交渉に入ります」

書記長の山岡糸子は堂々として、臆したところはない。

「昨年度からの懸案事項で未解決のものを、要求書の一のところにまとめておきました。次回に回答願います。本年度の要求の説明に入ります。ただし年度途中に新しい要求が出てきた場合は、そのつど交渉の機会をもっていただくようあらかじめ申し入れておきます」

へえ、こういう風に交渉するのか。玄太郎は感心する。

「要求書に入る前に一言、申します。社長のお顔が見えませんが、どうしてですか」

「どうしてでしょうか、常務」

課長は突然の問いに、常務に返答をゆずった。

「社用だよ」

「双方が合意して、この日を設定しました。欠席なら欠席と事前に言ってもらわないと、困ります」

「以後、そうしよう」

「最高責任者は、いつも出てきていただくのが今までの約束ではありませんか、常務」

「申し訳ない」

「必ず社長に今日の交渉内容を伝えてくださいよろしいでしょうか」

「わかった」

交渉の進め方について、玄太郎は、またもや学習した。自分には書記長など、とてもつとまりそうもないな。

事前に要求は練られていた。新組合員を含む全員参加の支部定期大会を持って、新しい年度の議案を可決して交渉に臨んでいた。

要求は主に、女性労働者に対する差別待遇の撤廃、全繊同盟員との賃金格差の是正、休憩時間の完全確保、残業手当の完全支給、出産・育児休暇の保障、賃金大幅アップなどである。

「いまだに、おいお茶って言うのよね、うちの課長」

定期大会は茶をのみ、菓子をつまみながら、日頃のうっ憤も要求項目の一つひとつにまとめられていく。

「個人攻撃はしないようにしようね。思わない仕返しもあるしね」

「学歴によって賃金に差があるのは、どうにかならないの?」

「賃金は労働力の価値、つまり毎日働いて次の日も働いていけるだけの生活費の全体ね、それを価格に表したものが賃金なの。価値通りに支払われたとしても、会社の利潤にがっぽりもっていかれるのよ。これはもう少し経済学習をしないとむつかしいんだけど、大学出は四年間の教育費が加わっているから、賃金もそれだけ高くなる、今のところはね」

「そこは一番むつかしいところよね、価値と価格のちがいとか。ね、海野さん」

玄太郎は、うろたえた。

「そ、そうですね」

マルクスの『資本論』の世界ではないか。『資本論』は読んでいない。それどころか、マルクス経済学の基礎理論さえ学んでいない。

「わたしら、求人票見て応募したんだけど、就業規則とか賃金表があるなんて、知らなかったわ」

「会社は従業員にそういうものを、知らせる義務があるのよ。新入研修では社内規則を守れとか、仕事が一番とか、わたしらをしばることばかり言うのよね。もっと勉強しなくちゃ、いいように使われるだけよ」

「海野さんはどうでしょうか。何か困っていることはありませんか」

白川早苗委員長が訊ねる。ここで何か言わないと男がすたる。

「あの、なぜ組合が二つあるんでしょうか」

「日本の労働運動の歴史は複雑なんです。戦前は産業報国会に参加させられて、戦争に協力しました。戦後すぐには全労働組合統一の気運も盛り上がりましたが、アメリカ占領軍によってゼネストが中止させられたり、本当は職業別組合でなく、要求で一致して全労働者が一つになれる中央組織があっても、よいのですけれど」白川が解説した
「わたしたち、全繊同盟の人を敵とは思っていません。みんな同じ労働者だし、ただ反共主義は組織を分裂させますから、採りません」別の組合員が言った。

「それに総評は社会党支持、全繊同盟は総評から離れた総同盟に加入していますが、わたしたちは政党支持の自由をうたっています。要求が一致すればどの党とも団体とも共同しますが、特定の政党を支持したり応援することはありません」また別の女性が言った。

玄太郎は彼女たちの話に、すべて合点がいった訳ではないが、熱意や意気込みは伝わってきた。彼には一つだけ言っておきたいことがあった。

「ぼくは会社のスパイじゃありませんので……」

安心してください、と続けようとしたところで一同は、いっせいに笑った。

「それはわかるわ」委員長の早苗が笑いながら言った。

「どうして?」

「だって、こんな大きな人、スパイにはなれっこないでしょ。どこにいたってすぐばれるも

の」

「確かに。すると、ぼくは用心棒ってわけですか」

一同は、また笑った。

玄太郎は全繊同盟への加入をすすめられた時の状況を話した。

「相手は、どう言いましたか」糸子が聞いた。

「うちには組合は全繊支部が一つあるだけだと」

「嘘をついてまで、私たちを無視しようとしているのね」

「全繊同盟でないと出世できないような話でしたが」

「海野さんは出世が望みですか」糸子は答えにくい質問をしてきた。

「それよりも、楽しい人生を送りたいですね。会社でもスポーツができるような」

「それ、要求に入れましょうよ。スポーツ施設を作ってほしいって」と誰かが言った。

「そうね、生活も大事、仕事も大事だけど、楽しくなくっちゃね」

糸子書記長が締めくくるように言った。

玄太郎は組合の会議には欠席せず、話を聞いているだけで新しい世界が広がる。意見を求められてもトンチンカンな答えにしかならなかったが、不愉快な気分ではない。

一年が経った。

三人は「オーシャン」にいた。

玄太郎は自分の風体が、どこでも目立つので弱っている。なるべく椅子に深く掛け、頭を沈めようとするが、足が前に出てテーブルが邪魔になる。

夜の「オーシャン」はランプの光が静かに店内を照らし、客もわずかで、退社後のこの時間には、いつも満足するのだが。

「大竜、玄太、仕事の具合いはどうだ？」岡本は、この日も会話をリードした。

三丁目商店街の中ほどにある花舗「丸花」、もうこの時間には閉まっているが、翌朝にはまた彼女に逢える。すると、うれしさが増してくる。一年経っても名前も知らない。半年ほど前、ふとしたはずみで、初めて目が合い、ドギマギした。

「おはようございます」

彼女の方から声をかけられて「はい」としか答えられなかった。「はい」とは何か。情ないではないか。彼女にしてみれば、毎日どこかへ出勤するサラリーマンの一人ではあるらしいと、ずっと前から見ていたのかも知れない。

それでもその時から、朝のあいさつだけは交わすようになった。それだけで胸が騒いだ。ふくよかな頬が少し下ぶくれて、笑うとやや大き目の前歯が二本、白く光った。大きな笑顔には、そんなはずはないのに、自分だけに好意を示してくれているように思えて、恥しさがつのる。

どうすれば「オーシャン」にでも誘えるか、どういえば休日の日に彼女の好きな所にでも連れて行けるか。そんな空想ばかりしている。「丸花」の従業員なのか、家族の一員なのか、それさえ知るすべを持てないでいる。


「おい、玄太。今どんな仕事をしているか、聞いているんだ」

岡本は、いらいらして叫んだ。

「光一よ、つまらねえこと聞くもんじゃねえ」と玄太郎は返した。

「販売の成績、班でトップをいってるそうじゃないか」

「すごい。その極意を聞かしてくれよ」と井上は同調した。

「別にどうってわけじゃない。得意先を回って、黙って相手の話を聞いてるだけだ」

「それで注文が来るのかい」

「大竜、それが面白いんだ。卸や小売も悩んでいるんだね。いろいろ聞いているうちに、それじゃあ今日はこれとこれって、カタログを指さしてくれるんだ」

「へえ、それじゃ楽じゃないか」

「お前はどうだね」

「おれは倉庫の事務が何とかこなせるようになったよ。ブツの出入りは大体つかめる」

「そっちも、すごいじゃないか」

「なになに、お前たち。黙って売って、ブツの管理？　ヤクの売人じゃあるまいし、そんなものズブの素人でもやれるぜ」岡本が割って入った。

マスターが、いつものブレンドを運んできた。常連とはいえ、上品そうでもない三人にもニコヤカに接してくれている。

「光一、そういうお前はどうなんだ。さぞかし総務で幅を利かせているんだろうよ」

玄太郎は、ヤケになって叫んだ。

「おいおい、玄太、もう少し静かにしないか。お前は体もでかいし、声もでかいから困る」

井上は玄太郎を制した。

「おれかい」岡本はソファにふんぞり返った。

「雑用ばかりこなして一年、よくがんばったもんだ。今じゃ総務課第一人事係の主任さまだ。社員の成績が一目でわかる」

「それはめでたい。二年後には係長昇任一番乗り間違いなしだな」

玄太郎はつまらなさそうに言った。

「お前は組合に入らないといかん。上からにらまれるぞ。もうにらまれているけどな」

「おい、お前たち、もっと楽しい話をしないか」

井上は相変らず、取りなし役である。

「そうしよう。大竜、お前ここの花屋のともおさん、もう誘ったか」

岡本は、すぐに話題を変えたが、聞き捨てならない話が飛び出した。

花屋のともおさん？　わが憧れの君ではないか。ともおさんというのか。おれは名前さえ知らない。おれは毎朝、この道を通り、やっとあいさつができるようになったばかり。誘ったか、だと？

「誘ったよ」井上は胸を張った。

「それでどうだった」

「返事もしてもらえなかった」

「何だい、そりゃあ。一体どんな誘い方をしたんだ」

「空いた時間があったら、コーヒーでも付き合ってくれませんか」

「何だね、空いた時間なんかないって言われたら、それきりじゃないか。それで？」

「何も言わないで、笑ってた」

よし、よし。それでよし。玄太郎は心の中で合点した。

「光一、そういうお前はどうだったんだ。」

「おれか。おれはお前のようなドジは踏まないよ」

「へえ、そうかい」

「僕は中ノ井商事の社員です。お休みの日にコーヒーでも、ご一緒していただけませんか」

「会社風をふかしたのか。漱石の坊ちゃんに出てくるだろう。教頭の赤シャツもたしか赤門だよ。悪役だぜ」井上が、いつになく息巻いた。

「何だと。紅燃ゆる丘の下の三高くずれが、何をいばっているんだ」

「丘の下じゃねえよ。やっぱりお前もコーヒーで釣ろうとしただけじゃないか。芸がないなあ。それでどうなった」

「黙って笑った」

「お前もか。結局、振られたってわけだ」

「そういうことさ」

「お前のようなハンサムが振られたんじゃ、おれたちの出る幕じゃないよな」

井上は玄太郎の顔を見た。ざまを見ろ。玄太郎はフッと息を吐いた。

「お前は朝晩ここを通るから、ともおさんを知ってるだろう。地理的条件は玄太が一番有利だもんな」岡本が挑発した

「おれは女性になんか興味がない。お前たち、よほど暇なんじゃないか？」

「そらそうだろう。そのイカツイ体に、ゲジゲジ眉毛。四角いのり巻き顔では誰も寄って来ないよな」

「何だと。東大と京大がどうした。出世野郎と適当人間が束になってかかったって、野菊のような君には近寄りもできはしないぞ」

売り言葉に買い言葉であった。

「おい、お前。彼女を知っているのか」

「知っているとも、毎日逢っているんだ、このおれは」

井上も岡本も、黙り込んだ。


木下恵介監督作品「野菊の如き君なりき」が封切られ、好評を博したのが一九五五年である。玄太郎は学生の頃、スポーツ仲間に誘われて見に行った。若い女優の清楚な可憐さに涙した。原作は伊藤左千夫「野菊の墓」。映画のヒロインは新人の有田紀子といった。有田の目や口を大きくして、体全体に少し丸味をつければ、憧れの君のイメージに近づく。声と笑顔はスクリーンの彼女とは違う。ともおの声は甘く、笑顔は大きい。声なく笑う。

四「丸花」の娘

村山友緒は東北山形の農家に生まれた。五人兄妹の四人目で、下には妹がいる。中学を卒業すると、集団就職の道を選んだ。一九五五年、一六歳の春である。

大工場の製造業は好まず、小さな商店を希望した。花屋を特別に選んだわけではない。西野町三丁目の、この商店街は戦後バラック建てからはじまり、少しづつ改築して今のような小綺麗な店舗が並ぶようになった。

三丁目の夕日が輝く街である。周囲は、いつの間にかビル群に囲まれたが一丁目から三丁目まで、しぶとく生き残った。

友緒の上の兄、長兄と次兄は、それぞれ尋常高等小学校、尋常小学校を卒業してすぐに「満蒙開拓青少年義勇軍」に志願し、そのまま帰ってこなかった。小学校中退者も歓迎されたが、志願させられたというべきであろう。それも敗戦の年、一九四五年四月の渡満であった。

残ったのは祖父母、父母、すぐ上の兄と妹の七人となり、友緒は小さい頃から農業を手伝った。山肌のやせた土地にへばりつき、年の半分は雪に埋もれるようにして過してきた。機械もなく家族の他に牛と馬が一頭ずつ。小動物は犬と猫、鶏、兎たちで、それぞれの役割を果した。

「今度は女の子だで」と、はじめのうちは珍しがられたが、四人目ともなると育つにつれて、そうそう構ってばかりもいられず、放っておかれた。友緒がすくすくと育ったのは、この捨て育ちと農業労働のお陰であったかもしれない。

父母から可愛がられた記憶はとくにないが、祖父母から慈しみを受けた。婆っちゃん子、爺っちゃん子だ。すぐ下に女の子が生れた。糸緒である。姉にそっくりで、よく間違われた。父母は、なぜか糸緒の方を可愛がった。婆っちゃ、爺っちゃは二人の孫娘に分けへだてなく接した。婆っちゃは昔話が得意だった。古くから伝わる面白い話、怖い話、楽しい話、悲しい話、何でも話してくれた。

村山家は秀吉検地以来、山形藩南村山地方の本沢字村山では代々総代百姓をつとめ、藩と百姓との間に入って苦労したらしい。この辺は山林が多く、田畑からの収穫だけでは生きるのもむつかしく、しかも雪は秋の口から降りはじめ、雪また雪の世界となる。

夏は夏で、ひでりや豪雨が年替りで襲い、百姓たちは欠落、逃散、直訴、一揆をくり返した。豪雪、風水害、飢きん、旱魃は日常事といってもよかった。村山家は近隣の百姓から中間搾取するほどの、身入りはなく、むしろ一緒になって辛酸をなめたに過ぎない。

戦前は小作争議があいつぎ、村山氏がその発起人の一人にかつがれたこともあった。

戦後の農地改革によって、小作人はいくばくかの土地を得たが、山林は解放されず、インフレと新円切換は農民の貧窮に輪をかけた。

戦後初代の村山甚三郎、仲緒夫妻は少しばかりの山林を有していたが、村人の入会権は昔通りで、みずから耕作と手仕事に励んだ。この地方の副業は炭焼き、わらじ作り、たきぎ集めが精一杯で、地元で就職する先もなく、出かせぎで日銭を稼いだ。村山氏も旧藩時代の名誉はかろうじて残ったが、その地位は地におち、家族小農経営の枠にからめとられた。

本沢地区字村山は無着成恭の「山びこ学校」で有名な山元村の手前にあり、金井駅の西方、段々畑と棚田の続く道の終点である。山や丘が重なりあい、その陰にへばりつくようにして、村山村はあった。

「ずんつぁや、おら中学卒業したらば、働くだて」

「何いうちょる。おめえの兄んちゃも上級学校へ行っちょる。おめえだけ中学さだけちゅうわけさ、いかん。ずんつぁがおとうに頼んでやる。おっかも応援すんだから、ほだえがんばらんでええ、なあ、ばっちゃ」

「ほんだともよ、いまんどき高校さいかねほうが、おかしども」

妹の糸緒は「高校へ行ぐ」という。この辺の村では、高校へ行く者は一割にも満たない。

姉の友緒は「うちゃ、働く方が面白えもん」という。

「友が働きもんだば、よう知っちょる。ほだも、あだまいいから大学まで行け。ずんつぁとばんつぁも学費くれえ出してやるでぇ」

「うちゃ、東京さ出て、はたれえて、お金貯めるだべ」

「金ためて、どうするでや」

「店だば持つ。ケーキ屋さん」

「そりゃ、大変だわ、友の作ったケーキ買えに東京さ行くんじゃあなあ」


友緒は口べらしのようにして、東京にへ出た。花屋を選んだのは偶然である。求人票に「一名」とあった受入れ先が「丸花」だった。大家族で、にぎやかに過した故郷の生活や友だちと離れても、どこまで一人でやっていけるか試してみたい気持もあった。

中学校三年の社会科の授業で「職業調べ」の時間があった。花屋については、自分でも調べ担任の先生も助言してくれた。

「花屋つうのはな、花もキレイ、店もキレイ、素敵だべ、なんちゃ思っちゃいけねぇべ。朝早よから店あけてよ、ゴムのなんげえ靴はいてよ、ひゃっこい水使ってねぇ、ほだば、キレイな花にゃ泥っこや、腐った茎、根っ子、いっぺぇついてるぞ。そんで、花はすぐしおれっぺ、ゴミもあるっぺ。よおくかんげえろよ。一日で逃げて帰ってきても、先生、知らねえかんな、友」

「なに言うてんの、先生だら、うっちゃ、ちっちゃい時から田んぼの泥こねて遊んできたんよ、畑のなか、ころげって、小学生になってん、朝はよから稲背負いすたり、夜なべにわらじ作ったり、田圃や畑の仕事、なんぼでもしてきたでよ。雪んなか、ころげて学校さ通ったでよ。一日で逃げて帰るっちゃ、そんだらこと、あるわけねぇべ。先生、なんも知らねえんだなあ」

「丸花」は店主夫妻と息子の三人が切りもりしていた。もう一人、何でも間に合う子が欲しい。それも女の子がよい。一人息子で可愛がって育てたせいか、融通のきかないところがある。よく気のつく女の子が欲しい。息子は二五歳だから、いくいくは嫁をもらって店をゆずる。

店主夫妻は、そう考えて話し合ってきた。集団就職用の求人を出しておいたのが幸いした。どうせ、うちなんかは来てくれる子など、いるはずがない、と思いこんでいた。

それが願いかなって、いい娘が来てくれた。仕事をいやがらずに、慣れてくれさえすれば、ありがたい。これも本人次第の話だが、将来は別途店を持たせてやることくらいはできる。

友緒は西野町三丁目商店街の誰からも、可愛がられた。愛想がいい。きびきびしている。笑顔であいさつする。

「おやじ、おめえ、あの友ちゃん、どこでかどわかしてきたんだ。バチ当たりめ」

「あんたとこへよく来てくれたわねえ」

「あのあばた面の息子野郎は倉庫にでも、しまっときなよ」

遠慮も、気がねもない商店の連中や常連客から、何かというとからかわれた。「丸花」の親父は誰にでも「そうでしょう、そうでしょう」と、まんざらでもなくニコニコする。


何だって？　玄太郎は驚いた。わが愛しの君と、まだゆっくり話も交わしていない。君の名も聞かず、おのれの名さえ名乗っていない。その君の生い立ちも、彼らはいつのまにそんなにくわしく知っているのか。

腹にすえかねたが、自分の優柔不断が招いた結果だと、あきらめて黙っていた。だいいち彼らの話のどこまでが本当で、どこからが嘘か知りようもない。いや、そんなことはどうでもよい。彼女がどこで生れて、どんな暮しをしていたか、そんなものは関係がない。

彼女が、この街に住み、顔を合わせようと思えば、いつでも合わせられる、声を聞こうと思えば、いつでも聞ける、それが肝心なのだ。笑顔を見たいなら、立ち止まればよい。声を聞きたければ、近寄ればよい。それだけの話だ。それ以外に何があるか。

いやいや、待てよ。このままいけば岡本や井上の毒牙にかかって、とんでもない結末を迎えることになりかねない。

商店街の若者たちも、油断がならない。いや、もっと危険なのは、この「丸花」の息子というやからである。二〇歳だか三〇歳だか知らないが、この店を継いでもらいたい、ぜひ嫁にとか何とか甘言をもって、とりこまれてしまったら、どうすればいい？

玄太郎は心配で同僚たちの話を聞くどころではなくなった。

「お前は頭もよいし、スタイルもよい。けれど友ちゃんの相手としてはダメだよなあ。常務の娘をねらってるんだから。やっぱり、おれが似合いだと思うよ」

井上が岡本に言った。

「馬鹿いうな。そんな夢みたいな話は通じないさ。お前も一応ハンサムだが、ヘナチョコで出世もおぼつかない。欲もなさそうだ。そんな男に友ちゃんがついてくると思うか」

岡本が返した。

玄太郎のイライラは続く。彼らが直接、わが君に出会って身の上話を交したような気配はない。情報源はどこか。

「お前たち。今から一年後に誰が友ちゃんの心を獲得するか、勝負してみないか。友ちゃんをこの店に呼び出して、一緒にコーヒーを飲むのに成功した者を勝利者としよう」

岡本が提案した。

「それも面白い。どうだ玄太も乗らないか。」

何が友ちゃんだ。獲得？　勝負？　優勝者？　面白い？　この話に乗らないか？　誰が乗るものか。わがいとしのエリーよ。名前も知らぬ。身の上も知らぬ。ようやく朝のあいさつを交し始めただけの、彼女がこの男をどう感じているのかも知らぬ。こののっぽで馬鹿でかい、ぶさいくで、ヒゲ面のこの男。

彼女の笑顔は誰にでも向けられる天性のものではないか。いや、そうであってもよい、自分は、あの笑顔によって会社に出かけ、また帰ってくる。その日々を生きるパワーを、彼女は与えてくれているのだ。

玄太郎は黙ったままでいた。

「何だ、お前は自信がないんだろう」

のっぺり顔の岡本が急所をついた。

ここはリングの上だ、と玄太郎は空想する。グレコローマンなら、立ち上がって片腕をとったとたんに岡本は蛙のようにつぶれている。フリースタイルなら、気合をかけただけで井上は五、六メートルは吹っとんでいる。

「まあまあ、おれたちがケンカしたってはじまらんだろう。要は友ちゃんが三人のうちの誰を選ぶかだよ」

このインテリぶった、うらなりひょうたんの井上め。お前も確かに女性にもてそうだ。だが油断するなよ。相手はお前たち二人だけではない。虎視眈々とわが君をねらう者どもが、いっぱいいるのを知らないか。汝ら憐れなる狼どもよ、恥を知れ。

「おい玄太、何とか言えよ。もっともその図体じゃ友ちゃんも、引くよねえ」

「そうだね。勝負は、はなから決まってるようなもんだしね」

のっぺりとひょうたんは口々に言った。

玄太郎は再び妄想にふけった。

彼はリング上で、岡本と井上の二人を相手に睨み合っている。種目は彼らに自由に選ばせる。レスリングはもとより、相撲、ボクシング、柔道、空手、拳法、何でもよい。こちらは一人、相手は二人。ゴングが鳴る。一瞬のうちに二人はリング外にふっとぶ。気合いで勝ち、力で勝つ。

玄太郎は、ニヤリとわらった。

岡本と井上は、その顔を見て、話を打ち切った。

三カ月ばかり過ぎた朝、玄太郎は「丸花」の前に来た。今日は彼女の姿がみられるかどうか、朝のあいさつができるかどうか、それればかりが気になった。

彼女は店先に、いつも通りの仕事着に柄杓を持って立っていた。

「おはようございます。あの……」

彼女は、あいさつ以外に何か言い出そうとしていた。もとよりはじめてである。

「はい」

玄太郎は緊張した。

「あの、失礼ですけれど、中ノ井商事様の社員の方でございますわね」

「はい」

「わたくし、むらやまともおと申します。いつもごあいさつだけで失礼しております」

「いえ。ぼくはうんのげんたろうといいます」

「え、何とおっしゃいました?」

「海に野原の野と書いて、うんの、玄は玄米の玄で、うんのげんたろうです」

「海野様。わたくしは村の山、友だちの友、花緒の緒と書きます」

「村山友緒さん……」

「はい。実は折り入って海野様に、お話しさせていただきたいことがございまして」

動悸が早くなった。

「何でしょうか」

「もし、お時間をとっていただけるようでしたら、海野様のお帰りの際にでも、どこかでお話しさせていただければ、大変有難いのでございますが」

彼の黒い顔が赤くなった。

「はい。いや、いつでも」

「失礼は重々承知しておりますが、では今日のお帰りの時間にでも」

今日のスケジュールは、どうであったか、頭を巡らせた。何かあっても早く切り上げてくればよい。

「よろしいです。六時には、ここを通ります」

友緒は例の大きな笑顔で頭を下げた。

玄太郎は、その日一日中、仕事が手につかなかった。一人で得意先を回るだけであったが、相手も内容も毎日変わる。千変万化の商売道の達人たちは、何事につけてしたたかであった。かけ引きの秘術があるわけではない。近江商人が引き継ぐ「家訓」や「社訓」など、役に立ちはしない。

うまくいかない。何回も通う。顔なじみになる。趣味の話になる。スポーツなら、待ってました、である。体の大きさに圧倒され、そのうちに何か信頼できそうな人間に見えてくるらしい。

その日、販売先の担当者の話も上の空で、敏感な相手は、ここぞとばかり攻めてくる。玄太郎は受身に徹した。

「丸花」へ急いだ。待っていてくれるだろうか。急用ができて、今日は中止ですなんていわれはしまいか。心は悪い方へ悪い方へと動いた。

友緒は店の前で待っていた。街灯の下に立って、黒いツーピースに白いセーター、中ヒールの黒靴、手に黒革のバッグ、長めの髪をうしろに束ねて。周囲はたそがれていて、彼女の姿をあえかに黒っぽく浮き出させていた。

玄太郎は新調して社のロッカーに置いているグレーのスーツに着換えていた。セールスマンは派手な服装をしてはならない。この日の桜吹雪のネクタイは営業モラルに反したし、照れ臭くもあった。

二人は並んで歩いた。星が出ていたかどうか、彼には記憶がない。どこか落着いて話ができるところで、と友緒は言った。「オーシャン」しか知らない。「風太郎」は喧噪すぎる。

「オーシャン」は空いていた。奥の窓際に席をとった。街の夜景はスリガラスで見えないが、行き交う人々の気配がし、この日最後の惣菜を売る若い衆の呼び声が聞こえた。

コーヒーを注文した。マスターもスタッフも十分承知しているにちがいない。一人は、すぐ近くの花屋の看板娘、一人は商社マンの常連客。

「お呼び立てして、恐縮いたしております。海野様のお力をぜひともお借りしたいと存じまして」

友緒は、あくまでもしとやかであった。

ちから？　力ならありあまるほどある。どこかの組連中か誰かが、この商店街の売り上げからカスリを取りに押しかけてくるとでもいうのか。それなら自分には、うってつけの仕事というものではないか。会社には顧問弁護士たちも控えている。総会屋から会場を荒らされたことは一度もない、と聞いている。

「実は」と友緒は切り出した。

中ノ井商事の若い社員二人が「丸花」の周囲をあちこちと聞きに回って、友緒の身元を調べている。自分もだが、店の信用にも傷がつく。近ごろは売り上げも落ち、大変迷惑している。

どんな事情があるのかは知らないが、自分は悪いことは何もしていないし、店主夫妻や子息にまで変な目で見られるのは困る。

「直接わたしに、お聞きになればよろしいのに、ご近所のお店に、わたくしの経歴とか、何とか聞いていらっしゃるのです。噂が広がって、お客さまも何だかわたくしたちの店を敬遠されているような風にも思われますの。花屋は他の街にもありますし、なんのいわれもなく愛想をつかされますと、悲しくなりますの」

岡本と井上の野郎どもだ。よりにもよって我が君の心を痛めさせるとは何事か。玄太郎の憤慨は極に達し、濃い眉毛が上下に動いた。

「それは身元調査です。法律上も道義上もやってはいけないのです。彼らが知らないはずがない。悪意はなくても、善意の道も地獄に通ずる場合があります」

彼は、どこかで聞いたような文句を口にしてから、胸を張った。

「彼らに代わって、おわびいたします。犯人は、わかっています。名誉棄損で訴え、慰謝料、損害賠償を取る方法もありますが、ぼくからガツンと言ってやりましょう。お店の信用は取り戻せると思います」

「えっ、ほんとでございますか。わたくしも事を荒だてるつもりはありませんし、店のものにも相談して海野さまにお願いしているのではございませんの。すべて、わたくしの一存ですので、公になったりして、中ノ井商事さまにかえってご迷惑になっては困ります」

もっともな話であった。あとは、あの二人をどう処理するかの思案だけである。

友緒は、ほっとしたようであった。玄太郎は彼女の役に立つだけで本望なのである。だが、自分ごときに依頼をしてきたのは何故なのか。このデカイ体が頼もしく見えたのか。それなら寂しい気もする。

交際の申し込みでもされれば、との想像が湧かなかったわけではない。そうではなかったが、それでもよい。友緒とこれからも話のできる機会が訪れたのである。向うから立ち上がってきたのである。後手には回ったが、逆転のケースもある。玄太郎は虹をつかむ男のように、はしゃぐ心を抑えた。

翌朝、玄太郎は「オーシャン」で気息をととのえると会社に急いだ。あの野郎ども、いやにくわしい友緒の情報を知っているかと思ったら、三丁目商店街の周辺をあちこち嗅ぎ回っていたのだな。スパイではないか。

彼はまず総務課の主任岡本光一の机の前に立った。大きな影が岡本の体をおおった。

「主任さま、今夜はご都合がおつきでございましょうか」

「なんだ、どうしたんだ」

「おひまでございましょうか」

「よせよ。空いてるよ。オーシャンに集るか。お前から誘うなんて珍しいじゃないか」

「井上さまには、わたくしの方から伝えさせていただきます」

「やめてくれよ、気色悪いぜ」

「では八時に」

その夜、玄太郎は早目に来て、いつもの席に陣取った。歌声喫茶がはやり出していて、クラシックコーヒー店の客は今夜も、まばらであった。

彼ら二人は横一列に並べて、窓際のソファに座らせる。玄太郎とは正面に向き合う。立ち上がると、天井の古風なシャンデリアの光にさえぎられて、彼ら二人の姿を黒く包みこむ。剣豪宮本武蔵の逆をいく。先手必勝だ。

岡本と井上は連れ立って入ってきた。秋雨が降ってきたらしい。二人とも傘を持たず、しきりに背広の肩のあたりを払っている。

「やあ、玄太、早いじゃないか」岡本は相変らず尊大な構えである。

「雨になったよ。知らなかったなあ」井上は何を知らなかったのか、あいまいな笑顔を見せた。

ブレンドコーヒーが出たところで、玄太郎は切り出した。

「ぼくたち三人は同期入社の友人でしたね」

「何だよ、改まって。朝から変だったじゃないか」

岡本はすぐに反応し、井上は黙っている。

「そのご友人が、お一人を除いて、お二人でご相談されたかどうかは存じませんが、何かそこらあたりを、こそこそと動き回っていらっしゃるらしい、とお聞きいたしましたので、一言ご忠告させていただきたいと存じまして」

「何だよ、ザックバランに言ったらどうだ。それにその言い方、何とかならないか」

岡本は、あくまで強気である。

「では、お言葉に甘えさせていただきまして、実は丸花さまに関する一件でございますが」

やっぱり。おれは始めから気が進まなかったんだ、とでもいうように井上は頭を垂れた。

「丸花」は困っている。どうも中ノ井商事の若い社員が二人、店員の女性の回りをうろうろと野良犬のように嗅ぎ回っている。「丸花」にしてみれば店員とはいえ、年頃の娘だ。あらぬ噂がとび交っては商売にも差し障りが出る。

一店舗だけの問題ではない。場合によっては三丁目商店街全体の案件にもしていかねばならない。中ノ井といえば江戸時代以来の老舗だ。戦後バラックから始めたこの商店街とは伝統も規模もちがう。

それればかりではない。中ノ井商事は「丸花」のお得意さまである。創立記念日とか、祝い事とか、社員の葬儀とか、何かにつけて当店をご利用いただいておる。その中ノ井商事の社員ともあろう方が、当店の大事な看板娘のあとをコソコソとつけねらうなどとは、大人気ないではないか。

商店街には組合もある。一店一店は小さくとも意地もあり、商売道もある。顧客も多い。「組」の連中に「ショバ代」をとられそうになった時も団結して事に当たり、彼らを撃退した経験もある。以来、顧問弁護士を雇い、自衛の手段を講じている。

中ノ井商事が相手といえども、法廷での争いも辞さぬ決意がある。そうなると有名大商事会社の名にも傷がつく。二人の社員だけの問題に終らなくなるであろう。

「と、丸花さまが、おっしゃるのでございますが」

今度は岡本も黙った。

玄太郎は、ゆっくりと立ち上がった。椅子を引いた音が高く響いた。長ソファの一脚や二脚は蹴とばせる。
四、五人の客がいっせいに、こちらを見た。二人の新入社員に影をつくらせて、店内のかどの一隅が暗くなった。
「ど、どうすればいいんだ」

赤門の岡本は度を失っていた。受験参考書のどんなページにも、こんな問題は出ていなかったであろう。彼には回答のしようがなかったに違いない。紅燃ゆるの井上は、おそらく青くなっているのであろうが、ダンマリを続けていた。

「それは、あなたさまがお決めになるべきではないでしょうかねえ。権兵衛さんがまいた種は権兵衛さんが刈りとるべきでしょうからねぇ」

玄太郎は腰を下ろし、声を低めて続けた。

「お二人が訪問された商店様へ、おわびに上がるべきでしょうかねえ。スパイのようなまねをしたのは間違いでございました。ほんの出来心で、まことに申し訳ありませんでしたと、誠意をお見せになられるとよろしいんでしょうかねぇ」

　一息入れて続ける。

「当然、丸花さまには、ご本人はもちろん、店長ご夫妻、息子殿の前で土下座をされるべきでしょうかねぇ」

「わかった。わかった。しかしその馬鹿ていねいな話し方は勘弁してもらえないか。おれたち同期の仲じゃないか」

　岡本は負けるが勝ちと判断したようだ。

　二人とも玄太郎を出し抜いておいて、いまさら仲間意識をもちだして、どうにかなるとでも思っているのか、と彼の怒りは逆巻いた。

「もちろんですとも。同期の友情は大切にいたしませんとねぇ。ただし問題が解決するまではケジメをつけませんとねぇ。友だちのよしみで、なあなあになるのはいけません。あ、それと今後は人を裏切るようなマネは止めにしてもらいましょうかねぇ。井上さま」

「そ、そうです、もっともです」

　井上は、ひたすら恐縮の態である。

　次の日から、岡本と井上は会社が退けると商店街を回って、詫びを入れているようであった。

玄太郎が友緒から再び誘いを受けたのは、その後である。
「オーシャン」に着いて、熱いコーヒーが出ると、友緒は口を開いた。
「お世話になりました。街の人たちからも、お客さまからも変な目で見られなくなりました
し、いつも通りの商売ができるようになりました」
「それは良かったです」
「それにしても、あの方たちはわたくしの経歴などにどうしてあんなにこだわられたのか、
今だに腑に落ちませんの」
「さあ、どうしてでしょうか」
それは、あなたが輝いているから、あなたの笑顔が眩しすぎるから、あなたに口を利いて
もらいたいから、友人になってほしいから。ただそれだけの理由ですよ。人は誰でも好まし
い人に認めてもらいたいのですよ。
人間として当然の感性的理由であって、それは彼らにも説明のつかぬ衝動にかられての行
為であったろう。それにしても、まるで子どもではないか。
それならお前はどうだ。友緒のこと、もっと知りたいとは思わないか。もとより、思う。思
うが他人を通じて知りたいとは思わない。こうして彼女を前にして座っていると、それだけ
で心が騒ぐ。

「あの、この次はわずらわしい話ではなく、もう一度コーヒーでも、ご一緒させてもらえませんか」

　彼は思い切って言った。今の今、コーヒーをのんでいるところではないか。それがまた、コーヒーだと？　芸のないのも、ほどほどにしろ。何か、ぎごちなかったが、中途半端な期待は捨てていた。だが、このチャンスを逃せば一生悔いが残るであろう。

「はい。喜んで。わたくしも何かお礼をと考えておりました」

　玄太郎は、しばらく声が出なかった。


　入社後二年後からの一年間、玄太郎は販売主任の仕事を懸命にこなした。働きがいがあった。月に一度か二度の逢瀬であったが、友緒は都合のつくかぎり、彼の誘いを断らなかった。疑問がない訳ではなかった。少しばかりの手助けに恩義を感じて、付き合ってくれているのだとすれば、申し訳ない限りである。玄太郎にすれば、義理でもよい。友緒と逢えさえすれば、あとはどうでもよい。ただ逢って、とりとめもない話をするだけだが、それで良いのだ。

　友緒は子どもの頃の話をした。昭和一六年開戦の年に生まれ、何も知らぬままに戦争は終っていた。小学校や中学校で遊んだ級友の話。年の離れた上の兄二人が満州から帰ってこなかった話。生き残った祖父母、父母、兄妹に囲まれて育った雪深い田舎の暮らし、冬は手仕事、春夏秋は農作業と動物たちの手飼い。

玄太郎は、あいづちを打つだけで、ほとんど友緒が語ってくれたものばかりである。おしゃべりではない。ゆっくり、ゆっくり、間を置きながら彼女は語った。

「つまらなくはございませんか」

「とんでもありません」

一九六〇年、玄太郎二五歳、友緒一九歳の夏、国内の動きは急を告げていた。日米安全保障条約改定反対運動は全国をおおった。条約は強行改定されたが、岸内閣は倒れた。

入社一年で主任になり、やがて三年目になる。友緒との逢瀬に心ときめかせ、仕事にも張り合いができた。営業は得意ではなかったが、自然体に徹し、東京を中心に関東近辺に足を伸ばした。

一九五〇年の朝鮮戦争以来、景気は急速に上向き、もはや戦後でないという言葉が流行した。学童疎開や集団就職の子らが成長し、次の日本を支える時代となっていった。

玄太郎の営業成績は日本経済の全体が、外需から内需へと移るにつれて、順調に上がった。口べたで人見知りの、どちらかといえば無口な男が営業マンになろうとは、お笑いであった。

人は誰でも、何らかのスポーツに興味を持ち熱中する。自分は、やらなくても観客になって楽しむ人は多い。テレビや電気冷蔵庫や洗濯機が電化製品の三種の神器と呼ばれ、市場に出回りはじめたが、個人ではまだ、なかなか手に入りにくかった。

プロレスや大相撲、野球を中継するテレビが観られる設置場所に公衆は群がった。玄太郎は本業のレスリング以外でも、スポーツ万能であった。重量級だから徒競争は苦手だったが、持久力は自信があった。

会社の接待用にゴルフをやり出したが、すぐにコツを覚えて上達した。スポーツジムのような有料体育施設もできはじめ、時間があると筋肉トレーニングに通い、体を鍛えた。


「何か運動をやっておられましたか」

「アマチュアレスリングを少し」

「ヘェー、道理で。級はどのくらいで？」

「体重は九十キロ台ですが、ヘヴィ級です。日本人にはあまりいませんから」

「失礼ですが、成績は？」

「大学二年のとき、オリンピック選手選考会でくるぶしをひねり、失格しました」


初めて販売先を訪問したところでは、相手は一様に感心する。なかには店内に力自慢の人がいて、余興に腕角力を挑まれたりする。そういう時は必ず勝つようにする。腕の筋骨を見ただけで相手の実力がわかる。

予選兼決勝落ちとはいえ、オリンピック候補直前までいった者が、ムザムザと負けるわけにはいかない。ただし、腕角力専門の横綱級の者が偶々いたりして、そういう人とは戦わない。負けるにきまっているからである。鍛え方と戦いの要領が、当然ながらレスリングと異なる。

玄太郎は一九五六年の第十六回メルボルン大会をめざしたが、つまずいた。日本勢はこの時、フリースタイルフェザー級で金、ウエルター級で銀をとっている。「一寸先は闇」。これがそのとき以来、彼の座右の銘となった。世の中、なるようにしかならないと考えると、肩の荷がおり、何かふっきれた感じで、人生最大の危機というほどのものでもなかった。

一九六一年の三月下旬、雨の日の帰り道、二人の女性と出会った。組合書記長の山岡糸子と販売部の坂本みどりである。玄太郎の帰りを待っていたらしい。二人とも長いスカートにワンピース、上からジャケット様のものを羽織っている。社内での雰囲気とは違う。傘をさして並んで立つと、夕暮れに淡く白くおぼろに映った。

「突然で申し訳ありません。今夜はお時間ありますか」

いちど下宿に伺いたいと言われていた。その機会がないままに、時を過していたのが彼にも気になっていた。糸子は組合で顔なじみだし、みどりは販売部の庶務係で入社のときから世話になっている。

「喫茶店でもよいのですか」

玄太郎は、いつもの「オーシャン」を思い浮かべた。

「本当は、お家の方がよいのですけれど」と糸子は言ったが、先輩格のみどりは「いいんじゃないの」と妥協した。

「オーシャン」は相変らずシックな雰囲気を漂わせ、玄太郎はいつもの懐しい香りがする席に座った。香りは、友緒のものであった。風呂上りでもあるかのような、テンカ粉と薄いローションが混じったような、香りのない香りであった。


「実は海野さんに、お願いがありまして」

「お願い？」

「ええ、お願いというか、おすすめというか」

「いいですよ、ぼくにできることなら」

玄太郎は、まんざらでもなく気軽に答えた。

糸子は単刀直入に言った。

「日本共産党に入っていただきたいのです」

唐突な感じではなかった。みどりにすすめられて新聞「アカハタ」を下宿に配達してもらっている。だが、政党に入るというのはどういうことか。とまどいが走る。しかも相手は共産党だ。自分のようなものが、そんなところへ入る資格があるのか。

「組合は三年目になりますが、政党というとね」

「海野さんは、もっとよい世の中にしたいとは思われませんか」

友緒の姿が浮かんだ。

「十分、幸せなんですけどね」

「個人の幸せは大事ですけど、みんなが幸せになれば、個人ももっと幸せになります」

「そうですか。わが社にも共産党がいましたか。ひょっとして、みどりさんはとは思ってましたがね」

「社内では公然と活動できていません」

「なぜですか」

「攻撃されて、つぶされる可能性があるからです」

「前衛でしょう、ぼくなんかとても無理です」

「大衆的前衛党です。今、全党で綱領を作っているところです」

「よくわかりません」

「規約と綱領案をお渡ししておきますから、どうか読んでみてください」

みどりが初めて口を開いた
「わたしも、そうだったわ。田舎から出てきて、西も東もわからないままに先輩に誘われて党に入ったのが第七回党大会のとき、一九五八年。今は第八回党大会までに、党員を二倍にしようととりくんでいるの。玄ちゃんのところへ来るのが遅かったくらいよ。期待しているんよ」

二人は、あたりをはばかるように声を低めて話した。誰が聞いているかもしれない喫茶店では、都合が悪かったのであろう。

共産党員になる、それは今後の生活にどんな変化をきたすのか。会社での地位との関わりにおいて。友緒との関係においいて。故郷に残してきて、次第に老いていく母の余生において。まだこだわっているスポーツへのあこがれにおいて。

「一寸先は闇」とか「なるようになる」といったニヒリズムやプラグマティズムを背負っている自分が、一転して日本革命の展望を語ることなどできるのか。

人生や思想のあれこれについて、ほとんど何も考えてこなかった自分が、共産党というこの怪物、まだ得体の知れぬこの集団にひそむ、その中のなにかが玄太郎をちゅうちょさせていた。

リングに上がって一礼をし、開始の合図と同時に、気合いをこめて一直線にとび出す。訓練を重ねて会得したあらゆる技を駆使して、一気に攻める。一瞬のスキをのがさず、相手の足をとる、ひっくり返す。必死の、あらゆる抵抗をふり切って、押え込む。一本勝ちだ。

勝ちか負けか。イエスかノーか。引き分けは、ない。簡単明瞭に結論のでる世界に生きてきた玄太郎に、政治が唐突に真向勝負とばかりにやってきた。

「今夜は引き分けに、いや、保留にしましょう」

彼は引き技に出た。

「わたしたちも、いま結論を出して下さいとは申しませんわ。でも……」

「努力しましょう」

綱領案を読むことにも自信のないまま、彼は答えた。試合では勇猛果敢。日常は優柔不断を自負する彼にとって、それは精一杯の答であった。

「お読みになられた頃に、また参ります」

糸子はダメを押すように言った。

玄太郎は重いバーベルを背負わされたと思った。


次の月、四月。中ノ井商事の三人は、そろって係長に昇進した。すぐに「オーシャン」に集った。

「おめでとう」　なぜか今回は玄太郎が音頭をとり、ビールで乾杯した。

「次は三年後の課長だな」と岡本。

「そんなにうまくいくかな。年功序列制がどこまで通用するかわかるものか。何か失敗すれば急転直下だ」井上は大竜の名に似ず、あくまで用心深かった。

「三年たったら友ちゃんを獲得するって話はどうなったんだ」

玄太郎は痛いところをついた。

「おれは常務の娘をねらうことにする」

総務課係長の岡本は一向にこりていないらしい。

「おれは仕事に専念するよ」

会計課係長の井上は、素直であった。

玄太郎は友緒とつき合っているのを、彼らには黙っていた。これ以上屈辱を与えてはならない。武士の情だ。

五　結婚の申し込み

次の週、玄太郎は友緒と会った。「オーシャン」は相変らず、気分を落ち着かせる空気を持っていたが、その夜は違っていた。コーヒーを前にして、二人は黙ったままでいた。友緒は何を考えているのだろう。

いやに大きな体軀の男が、商店街に咲く花のような乙女と同席を続けている。顔見知りの客たちや、何よりもこの店のマスターやスタッフたちの、よからぬ噂になっているのではあるまいか。

中ノ井商事の同期の二人が、この街をかき回し、人気の的になっている娘のイメージをこわした。そればかりではない。三丁目の存亡をかける事態になりかけた。それを収拾したのが、この大男であって、それはよいが好機きたれりとばかり、二人が結びついたのではないかと勘ぐられるのはシャクであった。

自分は何といわれようと知ったことではない。彼女だけは守ってやらねばと、いっぱしの騎士気どりで、うぬぼれてはいなかったか。それが今夜の彼女の沈黙と重なって、胸の動悸の高鳴りに輪をかけていた。

「あの、ぼく、今度係長になりまして……」

それがどうした。係長が何だ。お前は何を自慢しようとしているのか。

「えっ？　そうでしたか。おめでとうございます。何かお祝いをしなければなりませんわね」

それだ。お祝いの代わりに頼みがある。死ぬほどの思いで玄太郎は一気に言った。

「お願いがあります。できれば、これからは友緒さんと結婚を前提にお付き合いをしていただきたいのです」

何を月並みな。もっとこの場にふさわしい言葉はなかったのか。彼は歯がみした。

友緒は、ふと黙り、笑顔がかげった。沈黙が続いた。

「席をかえてはいけないでしょうか」

「かまいませんとも」

「この先の一丁目商店街に、時どき行くお店があります」

「風太郎ですか」

「ええ、ご存知でしたか」

「社の仲間と、たまに」

玄太郎は、どこへでもついていくつもりであった。

友緒は酒をのむのであろうか。煙草をすうのであろうか。玄太郎は下戸であった。煙草はもちろん、やらない。


「玄太郎さん、お酒はいかがですか」

「いけません」

「少しも？」

「ええ。ビールならコップに半分」

「じゃ、わたしはお銚子一本。それからビール小びんね」

友緒は顔なじみらしい親父に注文した。

「おや、珍しい。今夜はお二人で」

「それから、いつもの焼鳥一皿ね」

「承知の助」

すると彼女は、ここの常連客で、いつも一人で来て焼鳥で一杯やっているというのか。

「玄太郎さんも何か召し上がって」

「なら、ぼくはおでん二人前」

大根、コンニャク、卵、ゴボ天、一皿と書かれて壁に貼ってある。

「ヘイ、おでん二皿」親父が声を張った。

するとと彼女は、酒好きの酔っぱらいで、裏の顔は性悪女だというのか。

「友緒さんは、お酒好きなんですか」

「好きです。でも一本だけね」

「一升ビンで？」

「まさか」彼女の顔に笑顔が戻った。

「ここへは、ちょくちょく？」

「いいえ、月に一度これたら最高ですわ」

「すると家で晩酌でも」

「とんでもありませんわ。むしゃくしゃした時に、ここへ一人で来るんです」

「友緒さんも、むしゃくしゃするんですか」

「ええ、時にはね。お客様相手の仕事ですから」

「丸花の家族のかたは親切にしてくれますか」

立ち入った話になっていくのは、必然のように思われた。

「ええ、よくしてくださいます。店長ご夫妻もやさしくて、仕事は一から教えていただいたし、息子さんが一人おられるだけで、わたしには天国のようなものですわ」

今までは、互いの仕事について深い話はしてこなかった。

「かなりきつい仕事のように聞いていますが」

「朝はすがすがしく、空気もきれい。わたしは体温が高い方ですから、かえって体、引きしまるのですよ。夏は涼しいし、掃除は慣れてるし、式用の盛花は専門の職人さんがやってくれますの。力のいる仕事や配達は息子さんが、仕入れは店主ですから助かります。午後三時には、わたしの仕事は終ります。日曜日は休み、外出も休憩も自由ですし。実家では雪の下でわらじ作り、雪がとければ農作業。それにくらべれば、何ということもありませんわ」

苦労しているのではないか、という心配はすべて解消された。

「それでもお客様第一ですし、人様のお家に厄介になっているのですから、気を使わないといえば嘘になりますわね。そんなときに、ちょっと一杯」

友緒は、屈託なさそうによくしゃべり、また笑った。

「それに今夜は、お酒でもいただかないと、話せませんのよ。玄太郎さんに仲良くしていただいて、光栄に思っておりますの。でも、今夜のお話にはすぐに、はいとお返事ができないのです」

胸騒ぎがした。

入社以来一年間は口も利けなかった。それが、たまたまといおうか、ひょんな機会にといおうか、友緒の方から声をかけてきてくれて、朝のあいさつを交わすようになった。それから例の「事件」があって、「オーシャン」で会い、その後の二年間はコーヒーをのみ、映画や実演にも付き合ってくれた。

友緒は、明るく楽しい音楽やミュージカル、喜劇が好きであった。玄太郎は映画は「野菊の如き君なりき」がほとんど唯一のもので、演劇などは見たこともなかった。

ダニイ・ケイの「虹を摑む男」、ジーン・ケリーとデヴィ・レイノルズの「雨に唄えば」、ドリス・ディの「二人でお茶を」、モダンバレー第一人者のヴェラ・エレンの「銀の靴」、どれもこれも楽しく、面白かった。みんな友緒が教えてくれた映画であり、スターたちであった。

隣りに友緒がいると思うだけで、幸福感がおしよせた。

江利チエミや雪村いづみ全盛の頃で、多くは英語の歌だったが、実演の舞台はきらびやかで華があった。友緒は自分の膝に置いた手で、拍子をとり、体全体を左右に少しゆらして、歌や踊りにとけ込むのであった

結婚が前提となると、だが話は違った。飲めない酒をのませて、はぐらかせてしまうような曲った才覚を働かせるような女性ではない。それは確かなのだ。

「一年ほど前になります」

友緒は語り出そうとし、彼は緊張した。

「一杯、いかがですか」

友緒は猪口を差し出した。菊正宗の一級酒である。棚におかれたビンのラベルで読みとれる。

「お冷やと交互に一口ずつ、お召しになれば大丈夫ですわ」

言われるままに、盃に口をつけて、なめるように舌にのせ、その一滴を飲みこむと、あとはコップの水を一気にのどに流した。

「一年ほど前の話になります」

友緒は「丸花」の店主、丸田天一郎に呼ばれた。店続きに住居があるその奥の間だった。

あなたは良く働いてくれている。花の扱いにも客の応接にも慣れてきて、商店街の連中にも評判がよい。おかげで売上げも順調で、ありがたいと感謝している。

ところで、これからのあなたのことだが、うちへきてくれてちょうど今年で五年目、成人の年になる。あと二、三年勤めてくれたら独立して店を持ってもらってもよいと、思っている。

あつかましい話だが、うちのぐうたら息子をどう思っているか、付き合ってくれて、すれすれでも合格なら、一緒になってやってくれないか。どうも息子が、あなたを好いているらしいのだ。そんなことは自分の口から言えばよいものを、知っての通り、無口で恥しがり屋だ。

一度ゆっくり考えてみてくれないか。親馬鹿だと思ってくれて結構だ。

「おおよそ、そんな話がありましたの」

玄太郎はめまいがした。盃一杯の酒のせいではない。酔いはとうにとんでいた。

どうしてあの時、もっと前に、自分の気持を打ちあけておかなかったのであろう。先手必勝、機先を制す、これがあらゆる格闘技の勝利の要諦ではないか。いや、そうではない。苦境に立ったときの忍耐と機敏な反撃こそ、自分流のやり方ではなかったか。

いやいや、そうではない。「世の中、なるようにしかならない」それがお前のモットーであったはずだ。

何と返事をしたのですかとか、友緒さんの気持はとか、訊ねる余裕も失せていた。あるいは、こんな話を聞かせて、こちらの必死の申し込みを封じようとする作戦なのか。そんなはずもないのに、玄太郎の頭はますます混乱した。

「玄太郎さんからのお申し入れを伺って、今はわたくしの事情を話しました。もう一度考えてみようと思います。ですから少し、お時間をいただけないでしょうか」

はいとも、いいえとも、どうぞとも彼は言えなかった。二人は立ち上がった。玄太郎はふらついたが、踏みとどまった。

「大丈夫ですか」

「大丈夫です」

何が大丈夫なのか、わかってはいなかった。花屋の内儀として豊かな日々を送るか、それとも出世を望んでもいない平凡なサラリーマンの妻として過すか。一方は独立して店を持つ、他方は故郷に老いた母がいる。

どちらを選ぶか。答は明々白々ではないか。その上、自分は共産党に誘われてもいる。友緒がこれにどのように反応するかも、未知数であった。二つの問題、結婚と共産党を同時に結着させるのは無理というものであろう。

「ご迷惑でしたわね」

迷惑？　とんでもない。自分は友緒の幸せだけを願っているのだ。選択権は彼女にある。それでいいのだ。

「どうか、ゆっくり考えてみてください」

彼には、そう言うのが精一杯であった。

そうだ。共産党の方を先に片づけよう。これこそ自分の意志で決められる。先手が取れる。友緒の方は、防戦に徹することになろう。

「それから」と玄太郎は不安を押さえるために深呼吸を一つした。

「実は、ぼく、共産党から誘われていまして」

「党員になるという意味でしょうか」

「はい」

「それは玄太郎さんがお決めになることですわ」

「さしさわりになりませんか」

「おつき合いの？」

「はい」

「全然。わたし、政治についてもこれから勉強いたしますから」

玄太郎は、ホッと息を吐いた。


一九六一年四月一二日の夜、再び糸子とみどりがやってきた。その日、ソビエト連邦のガガーリン宇宙飛行士が人類はじめて、有人宇宙衛星の搭乗者となって地球を一周した。世界が驚異の目を見張った。アメリカは落胆し、フルシチョフは有頂天になったにちがいない。

玄太郎は共産党の規約と綱領案を読み終え、入党申込書にも記入を終えていた。「オーシャン」の隅の席は、顔なじみのマスターたちのいるカウンターからも一番遠い。客もまばらで、人に聞かれる心配もなかった。

「決意していただけましたか」と糸子が口を切った。煙草は、やめたようだ。

「決意というほどのものではありません」

「何か疑問点はありますか」

ほとんどわからない、と言うのは癪であった。

「一番肝心なのは、日本が発達した資本主義国で独立しているのか、アメリカに従属しているのかの違いですの。海野さんは、どう思われますか」

これなら何とか答えられそうである。

「安保条約に国民があれだけ反対したのですから、独立しているとはとても思えません」

「そうですか。もうすぐ第八回党大会が開かれます。うちの細胞（当時。現在は支部）で討論していますから、いっしょに学習しましょう」

「細胞、ですか」

違和感があった。

「党の組織の最小の単位なの。職場や居住地に作られていて、玄ちゃんの場合は、中ノ井職場細胞に所属することになるわ」

みどりが補足した。二人は口々に熱心に話した。一所懸命なのは、わかる。聞きたいこともあったが、キリがなさそうでもある。

「じゃ、入ってから考えます」

「そうよ、それもありよ。理論と実践は車の両輪のようなものだし」

「みんな大喜びですわ。うちは女性ばかりですから」

組合と同じではないか。政党とどう違うというのか。

「推薦人が二人いります。わたしたちがなります。申込書お持ちですか」

「ええ」

「入党日は今日になさるとよろしいですわ。ガガーリンの日だと、記憶に残って忘れないでしょうから。細胞で審査して決定されますから。しばらくお待ちください」

「審査？」

「はい。規約にしたがって上級にも承認を求めます。」

「上級？」

「区委員会です」

「むつかしいんですね」

「党の分裂と統一を経験していますから、慎重さが求められますの」

「何もできそうにないですが」

「何もということはないわ。会議に出て、党費を払って、アカハタを読む、これが最低の義務だから」

　みどりが助け船を出した。

「それくらいなら、できるかも」

「ありがとうございます」

糸子は玄太郎の両手を握った。

「ああ、よかった。おめでとう」

みどりも笑顔で、両手を握った。

ありがとう？　おめでとう？　何がありがたいのか、めでたいのか。リング上で勝った時に言うのなら認めてもよい。この先、何が待っているのか。前衛といわれる集団へ、おそらく今までの生活とは異なる政治の世界へ入っていく不安、自信のなさ。人見知りで、そのくせ権威に対しては反発したくなる奇妙な癖をもつ男に通用する世界なのか。どれもこれも未知数であった。


中ノ井職場支部の党総会が開かれた。男性の区委員が参加し、支部長の糸子が進行役をつとめた。若い糸子が支部長なのが不思議であったが、支部員の総数が玄太郎を含めて五人、その少なさにも驚いた。

玄太郎の歓迎式が最初にあり、自己紹介をし合った。彼をのぞく四人のうち組合員は三人、倉庫部の発送係をしている小太りの梶川元子とは初対面。販売部の中村華江が加わっているのを知って、これも驚きであった。

みどりと華江は入社時から仕事の手ほどきをしてくれた、いわば恩人ともいうべき先輩である。だが、なぜかみどりは全織同盟員であった。糸子は組合の書記長だが、委員長の白川早苗は党員ではない。何だか複雑そうである。

「同盟員でも党員になれるの？」

心やすいみどりが隣に座ったので、小声で聞く。

「綱領と規約をみとめれば、だれでもオッケーよ。経営者は組合には入れないけど、党の方はオッケーよ」

自己紹介の番が回ってきた。名前を言って「どうぞよろしく」としか言葉にならなかった。他に何を言えばよいのか。

糸子が付け加えた。

「うちの支部は、はじめ二人の準備支部からはじまって、三人になり支部が成立したのが一年前。党員を二倍にするという全国の方針で、海野さんを迎えて五人になりましたから、あと一人で目標達成です。海野さんはスポーツ万能で、エリート社員ですが今は販売の係長さんでがんばっています。男性は一人ですので頼もしい限りです」

拍手が起こった。順々に握手をされた。みどりは「うれしいわ、おめでとう」と感激しているようであった。

「では、次に区党大会への代議員の選出に移ります」

議事は進む。

これからどうなるのか。日本の将来とともに、自分のこれから先も不明であった。それよりも友緒のことが気になった。

それからひと月。友緒からの返事はなかった。行き帰りの出会いを意識的に避けていた。

その日の朝、友緒は「丸花」の前で待っていた。

「今夜、時間をとっていただけますか」

友緒は、いつものようにゴムの仕事着をつけて、立っていた。

「はい。それでは、いつもの所でいつもの時間に」

玄太郎は仕事のスケジュールを確かめる余裕もなく、即答した。心が騒いだ。どんな返事が返ってくるのか。多分、形勢われに利あらずであろう。自分にどんな取り柄があるというのか。

「丸花」の人たちは、彼女が嫁に来てくれるなら、どんな条件でもくり出してくるであろう。それに友緒の故郷の親兄妹は、どんな人たちで、どんな考えをもっているのか、気になる。いや、いや。結局は彼女自身の意志次第だ。婚姻は両性の合意のみにもとづいて成立する。これが憲法の精神だ。彼女の意志、それを今夜聞く。いつものところは「オーシャン」で、いつもの時間は午後七時だ。

吉か凶か。丁か半か。運を天に任すとしよう。勝負は時の運だ。運は、今やわが天使の手中にある。

「係長、お先に失礼します」

販売員の山上が鞄をもって立ち上がった時も、返事をしたかしなかったか、覚えていない。係の机の主たちは、席に見当たらず、外を走り回っているのであろう

玄太郎は十分前に「オーシャン」に着いた。いつもの席には、友緒が先に座っていた。何という失態か。女性、しかも我がいとしの君を待たせるとは何事か、と彼は舌打ちしたいほどであった。ゴングと同時に足をとられた。先手必勝のモットーはどこへいったのか。先が思いやられた。

コーヒーが運ばれると、友緒はすぐに切り出した。

「玄太郎さんの申し出、お受けすることにしました」

友緒の頬に赤味がさした。店内の照明は薄暗く、その声は錯覚だったのか。玄太郎の胸は高鳴りを増した。

「本当ですか」

嘘であるはずがない。そう思いつつも耳を疑わずにはいられなかった。

「はい。本当です」

「お店のほうは?」

「話をつけて参りました」

喜びが足の先の方から湧き上がってきて、からだ全体を包んだ。

「どうして、ぼくなんかと」

野暮な質問であった。

「わたしが結婚を前提に玄太郎さんとお付き合いをするのは、イヤイヤとか、仕方なくだとか、お思いですか」

「そうではありません。そうではありませんが半分以上あきらめていましたから」

「わたしは利害を天秤にかけて、決めたのではありません」

玄太郎はまた、失敗ったと思った。なぜ自分はこうもドジなのであろう。いつも大事なところで機会をのがし、物事をオジャンにしてしまう。彼は陣営をたて直した。

「三年前、丸花の前を通り始めたころから、ぼくをお知りでしたか」

「よおく存じておりました」

「ぼくなんか、知っておいでではないかと」

「そんなことはありません。失礼ですが、毎日玄太郎さんが店の前を通って行かれるのですから、自然と振り返ったりしていましたわ。それに、この辺では大きなビルの社員さんだと噂になっておりましたし、オーシャンの常連さんでもありましたから」

「そのころのぼくには、どんな感じでしたか」

「大きいかただと」

「それから」

「頼りになりそうなかただと」

「それから」

「好ましいかただと」

玄太郎の胸が、つまった。

「それで」と友緒は語り出した。


聞いて欲しい話があるから、との友緒の頼みで「丸花」の家族は奥の間に集った。

ちょうど一年前、店主夫妻から息子の天一と一緒になってくれないか、店も継いで欲しいのだが、との話だった。仕事に追われてではないが、返事をしないでいた。忘れ忘れになっていたのでもない。どうすれば、と迷っていたのでもない。

いずれにしても返事をしなければならない時期が来ていた。そうとすれば一日も早い方がよい。今まで親切にしていただいたし、仕事も一から教えてもらって、こちらの方こそ喜んでいる。感謝もしている。この話は身に余るわけで心苦しい限りではあるが、お断りしたいと思う。

夫妻と本人の前で、きっぱりとそう言った。店長夫妻は肩を落し、天一の顔がクシャッと歪んだように見えた。

何か不満があるのか、花屋が嫌なのか、天一が嫌いなのか、店は持ちたくないのか。天一郎の妻のつや子が、いろいろと聞いてきたが、友緒はそのすべてを打ち消した。

失礼を承知で言わせていただくのだが、と友緒は座り直した。

天一と友緒の問題であって、親御と友緒の問題ではない。家族制度はなくなり、人は個人として尊重される。中学校で習った。店が持てるか持てないかも問題ではない。将来のことは二人で相談して決めればよい。

この一年の間に、当の本人の天一から何か話があるはず、との気持はあった。告白とまではいかないまでも、どこかへ遊びに連れていってくれたり、喫茶店でコーヒーをのんだり、ゆっくり話し合う機会を持とうと申し入れられたり、などという話は彼の方からはなかった。

返事は店主夫妻にか、本人にか、どちらにすればよいのかとも思うようになっていた。けれども、いくら考えても何から何まで不合理な話のように思えてきた。

天一郎は田舎の両親には相談したのか、と念を押した。いいえ、と友緒は答える。それなら誰か好きな人でもいるのか、と店主は最後に訊ねる。

はい、と友緒は反射的に答えていた。

友緒にとって、天一が嫌いだとか花屋の仕事がわずらわしいとかいうのではない。集団就職で商店に勤めて、一生を一本のレールに乗って、走り続けるかのような、その意味が納得できなかった。それに、どこか魅かれる海野玄太郎からの申し出があった。好いチャンスかもしれない。

玄太郎との人生がどうなるのか、それも不明ではある。けれども彼女には、この玄太郎という人と一緒にいると、何となく安らかな気分になるのだ。

馬には乗ってみよ、人には添うてみよのたとえもある。だがそれは天一についてもあてはまる。玄太郎という人が現われなかったら、天一に添うていたかもしれない。それはもう運命とでもいうべきものなのだろう。

「あと、一カ月丸花に置いてもらって、荷物の整理と宿さがしにあてようと思います」

玄太郎は言うべき言葉を探した。

「仕事も探します。退職金もお祝いもいただきましたし、当分は余裕がありますから」

「一度、近江で一人、暮している母に会ってもらえますか」

「はい。気にいっていただけるでしょうか」

「もちろんですとも」

「わたしの山形の家族にも会っていただけますか」

「気にいってもらえるでしょうか」

「もちろんですわ」

「共産党に入りましたが」

「それは、ご自由ですから」

二人は、どちらからもなく差し出した両手を握った。友緒の掌は、ざらざらと赤切れていた。玄太郎の手もまた、ごつごつとし、マメの塊でおおわれている。ぼくと同じ手だ、と初めて握った彼女の手を彼は、いつまでも離さなかった。


故郷の母、絹は友緒を一目見て、有り難いと感じたようであった。どうして怪人とでもいうようなうちの子と、一緒になってもよいなどと言ってくれたのであろう。それだけで絹は涙が出そうになった。

東京で一緒に暮しましょう、と友緒が言った時には涙を流した。

「ありがとうね。まだまだ動けるし、それに畑もあるし、古い家は誰か住んでいないと、朽ちるのも早いというからね」

絹はこの時六三歳、友緒二一歳、玄太郎二五歳の夏であった。

友緒の実家は山形の本沢町の北、村山にある。

最寄り駅は蔵王であるが、十年ほど前、金井駅から名前が変わった。蔵王をめざす観光客にあやかろうとしての改称であったが、ここで降りたのでは蔵王はめざせない。隣りの山形駅が便利なのである。

空はさわやかに晴れていた。秋の穂波がゆれ騒ぎ、山々は色づいていた。駅から山の下を縫うようにバスは走った。麓を回り、小峠を越えて三十分ほどのところで止まった。「杉の木」と書かれたバス停の標識が目に入る。

田圃のあぜ道を一町ほど行くと、村山の入り口である。百戸余りの集落があり、村の中央には鎮守の森に埋まった白山神社が、こぢんまりと建っている。

昔、荒れ果てた土地であった。「えみし」を追い、義経を追討する際も村人は狩り出された。江戸幕府の下でも山形藩は豪雪、地震、火事、飢饉、大雨、ひでりに交互に襲われ、そのたびに村々の百姓たちは集っては相談し嘆願書をしたため、上訴し、打ちこわし、一揆した。明治維新は地租改正で元の年貢を上回る金納を課し、地租、徴兵、学制反対の騒動が続いた。大正年間には米騒動も起こった。いわば貧窮と反骨の土地柄であった。

近江商人の末裔たちの多くも、なぜか山形を永住の地と定めている、という。

宴会がはじまった。

二人を奥の、床の間を背に座らせ、婚礼でも始まりそうな雰囲気になった。

「いやあ、娘がこんな立派なお人を連れてきてくれるなんぞ、夢にも思わなんだで」

父の甚三郎が、赤銅色の顔に満面の笑みを浮かべて、一献すすめた。

「お流れ、ちょうだいいたします」

飲めないともいえず、一盃だけ受けた。

母の仲緒は喜びを隠して、夫の横に控えている。まだ小学生になるかならないかの、甥や姪たちは、はしゃぎ回って友緒にたわむれている。そのうち玄太郎にまつわりついてきた。押しても引いても微動だにしない人間が、よほど奇妙なのか、男の子二人がかりで彼の背中にぶつかり出した。いかなこと動こうとしない玄太郎に業を煮やして、ついには膝をけり、頭を張ったりした。

「これ坊主ども、失礼をすんじゃねえで」

甚三郎に一喝されて、彼らはベロを出し赤んベエをして逃げていく。

満州で散った二人の兄。男で一人残った、すぐ上の兄は結婚して二男一女を授かり、友緒を可愛がった祖父母は、すでに逝き、兄の家族は山形市内に家を構えた。久しぶりに一堂に会したのか、にぎやかな会話がはずんでいる。妹の糸緒は静かに玄太郎を上目づかいに観察しては、恥しそうにうつむいたりしている。

もっぱら甚三郎が話し相手になった。

「オリンピックをめざされたとか」

「いえ、お恥しいです」

「お若いのに大会社の係長さんだとか」

「勤務年数で決まりますので」

「友緒は中学しかやれなんだで、せめて高校はと思うておりましたが」

「はい」


暗いうちから鶏たちが、はばたいて時刻を告げた。やがて雀たちが庭先でチュチュとエサをついばみ出した。

甚三郎と玄太郎は朝の奥の間で、茶をのんでいた。日の光が廊下のガラス戸を通して差してき、友緒が入ってきた。昨夜は父母と糸緒と四人で語り明かしたらしい。

「ゆうべ、両親に呼ばれましたの」友緒は甚三郎の前で言った。

「どうしてあんな人が、お前の旦那様になってくれるのかって、しつこいのです」

「あんな人、ですか」

「立派な、という意味ですわ」

「ぼくは立派ではありません」

「お前のどこを気に入ってくれたのか、さっぱりわからないって」

「ぼくは、ご両親と結婚するのではないので」

「そりゃそうだで」甚三郎は上機嫌で笑った。

「大学出で、大商社に勤めて、話が合わないだろうって」

「背も合いませんが」

「あんな大きなスポーツマンと、うまくやっていけるのかね、ですって」

「たしかに。肩を組むのは、ちょっと難儀かもしれません。肩車でもしてさしあげましょう」

「負けん気の強い子でして、いろいろと教えてやってくだっさい」

「ぼくのほうが教えてもらわなければなりません」

「料理も、ろくにできないだで」

「ぼくは料理と結婚するわけではありません」

父娘は、大きく笑った。


白山神社は夏になると、氏神に豊作を祈って素人相撲大会が催される。この大会のために村に帰ってくる若者もいる。それでも選手が集らず、近年、郡内町村からの参加自由となった。横綱には清酒樽一斗が与えられる。今年の横綱はすでに決まり、おらが村の三期連続優勝の男である。

村の関取衆のなかには「レスラーの猛者だ」と聞いて、一手なりともお手合せをと、服の下に回しをつけたまま、あいさつにやってくる気の早い者もいる。

神殿の脇に土俵が作ってある。常任の神主がいるわけではない。日頃は、こぢんまりとわびしい祠があるだけだ。人々はゾロゾロと集まり、子どもたちはキャッキャッと騒いで一ところにじっとしていない。

友緒の家族も、わがむこ殿の力量いかにと正面に席をとった。友緒は玄太郎に勝ってほしいと願った。レスリングと相撲では勝手が違う、負けても仕方がないわ、逆に村の横綱を負かしてしまったら、元庄屋の家族が恨みを買わないとも限らない。どうしよう。

玄太郎は、そればかりは勘弁をと、断り続けたが、今となっては村人たちが許さなかった。トレーニングパンツの上から回しを締めた。格闘技のどんな種目でも一通りの対戦経験がある。互いにフリースタイルなら、微妙な技の連続で相手を倒す自信がある。

相撲は一気に前に出られると危い。相手は素人相撲とはいえ、大関、関脇格の者たちであって油断はできない。体重、身長ともに玄太郎が上回って見えたが、勝負はやってみないとわからない。

横綱の男は、さすがに別格で肩から腕の筋肉は盛り上がり、腰から尻、太ももの太さは四股を踏みこんでいるから、これも玄太郎が劣る。上背だけは抜いているが、立会い一瞬の突撃力を受けとめるのはむつかしかろう。組むと見せて、左右どちらかにはずすか、飛ぶ手もある。

関脇格は脇を固め、頭を下げて突進してきた。玄太郎は土俵際までズルズルと下がって受けとめ、関脇が腰を入れなおして一気に突き出そうとするのを、右に引き落した。立ち合って一、押されて二、転がせて三の三秒勝負である。

観衆はアッと息をのみ、ついでヤンヤの喝采を送る。まだまだ大関格と横綱がいる。よもや三人を相手に三連勝は無理だろう。誰もがそう思った。

大関格は上背もあり、アンコ型で重そうである。その代わり脇が甘く、一見俊敏ではない。玄太郎は再び作戦を立てた。

立ち上がりざま大関は強い張り手に出た。頭がくらっとした。これは勘定に入っていない。張り手の腕が上がった時、反射的に両腕を大関の両脇に差しこんだ。両肩を上げて回しをとらせず、胴中をはさんだまま左に投げた。前にもまして、大きな歓声が上がった。

横綱は風格があった。行司役は、かつて、これも三年間連続横綱を張ったことのある、五〇歳をこえた半白の男である。

観衆は今度は全員、おらが村の横綱に声援を送った。

玄太郎は正々堂々、四つに組もうと考えている。吾、神仏をたのまず。剣豪宮本武蔵が京都の名門吉岡道場の一族郎党数十人を敵に回し、一乗寺下り松の決闘を前にして覚悟を決した時の一言とされる。

なに、それほど大ゲサに考えることはなかろう。

四つ相撲に、互いの体が右にゆれ、左に流れて、吊り、寄りと激しく動いたあと、横綱の右上手が玄太郎を土俵にはわせ、結着した。村人たちは大喜びだった。元庄屋の家族も面目を保った。

友緒は「丸花」を出るが、結婚式が済むまでは一緒に住まない、と言う。

「結婚式って、どんな？」

「どんなって？」

「神前とか仏式とか教会とか食前とか」

「食前ってのはいいわね。玄太郎さんはどれがいいの？」

「別にこだわらないです。無くてもいいです」

「それもいいわね。婚姻届けに判を押すだけですみますわ」

「披露宴はやらなくちゃならないかも。会社の連中もいるしね」

「どんな人が来るの？」

「総務課が仕切るんです。社長が来るかも」

「お仲人は立てなくてもいいの？」

「社長に頼めば引き受けてくれるけど、何かいやです」

「そうね。じゃ、どうします？」

「今どき仲人なんかいらないでしょう」

「そうね。じゃ、そうしましょう。披露宴には他に誰が？」

「母の他に身内はいないし、会社の同僚と労働組合、共産党ぐらいだけど、みな結局会社の人間だしね」

「わたしの方は家族と親戚、中学時代の友だち」

「丸花さんは、どうするの？」

「来て欲しいけど、来てくれないかも」

「商店街の人たちは？」

「組合長さんにお願いすれば、何人かは来ていただけるわ。お店休みにするわけにもいかないでしょうし」

「なるべく目立たないようにやりたいな」

「そうね。大ゲサなのは、いやね」

「準備に面倒なのもイヤだし、例の悪友二人に全部まかせるってのはどうです」

「わたしはかまいません。悪気があったわけではありませんから」

「実行委員会を作らせましょう。ぼくたちは座っているだけにして」

「それがいいですわ。何事も控え目にして」

二人は笑った。

次の日から玄太郎は、五重生活ともいうべき多忙の日々を送った。第一は販売係長としての実績も上げながら、係員たちの指導も怠れない。第二は労働組合の、第三は共産党支部の活動である。

第二、第三は、ゆくゆくは管理職となるであろう立場を考慮されて、表には出なくてもよかったが、会議や学習会は欠かさないようにした。

第四は結婚の準備、第五は故郷に一人暮しの母、絹を引きとって三人で住むかどうかである。今は住み慣れたところがよい、と言っているが、いつかは一緒に暮すわけだから、住居のこともあり、絹を受け入れる準備もあった。

あれやこれやと重なったが、会社の仕事が中心である。岡本や井上と競争するつもりはなかった。岡本は常務の娘と仲良くやっているらしいし、井上は職場の社員と付き合いはじめたようである。

披露宴は無事終った。新婦側は山形の家族と友人たち、それに三丁目商店街の連中が休日でもないのに軒並みに店を閉めて出席した。

新郎側は絹の他に中ノ井商事の連中で占められた。この日は全繊同盟も中立労連も共産党も民社党もなかった。

司会は岡本光一が難なくこなした。中ノ井源一郎社長夫妻を仲人の如く扱い、冒頭のあいさつに立て、乾杯の音頭は筆頭常務取締役の片岡史郎にやらせた。

社長は、花嫁は絶世の美女で山形一の豪族の出身だと紹介し、花婿は世界中でこれ以上の幸せ者はいない、などと持ちあげた。

今どき豪族などというのは、いただけないが、あとは大体あたっている。玄太郎は我が意を得た思いであった。社長夫妻の顔も立ててくれたし、岡本光一先生も次の次の、またその次の社長の地位は間違いなかろうと、想像するのも楽しかった。

ドレス姿の友緒は、いつにもましてきれいであった。それ以外の表現の術を彼は知らない。「豪族」の主人たちは文金高島田でもと願ったが、東京の時代風俗の気配に押されて我慢させられた。

長女を棄て育ち同様にしておいて、東京へ追いやった。その上、兄と二女は手元においてて彼らの世話ばかり焼いてきたように感じられて、山形の家族たちは、いまさらのように悔やんだ。

妹の糸緒は姉の仕送りによって、高校はもちろん短大まで通わせてくれた、その恩を忘れてはいない。宴の間も、ずっと涙ぐんでいた。

一九六一年七月三日、二人が結婚した日から二十日ほどのちの同月二五日、日本共産党第八回大会は満場一致をもって、自前の綱領を決定した。

岸内閣を継いだ池田内閣は「所得倍増計画」をスローガンに。高度経済成長政策への道を歩み出していた。

三年が過ぎた。玄太郎は第一販売部第三販売課長になった。岡本は総務課長になり、井上は外商部貿易課長になった。

玄太郎は関東圏を中心に飛び歩いた。販売部長の命を受け、全国の支社に出向き、販売促進講座を開き、講師をした。支社の係長クラスを一人、二人連れて得意先を回った。

相手に話させ、己は聞け、を金言とする、これが彼のやり方であった。話し下手が幸いした。販売講座ではスポーツの話をする。はじめての聞き手は講師の体格にまず驚き、珍しい格闘技の話に聞き入る。

趣味が多かったり、酒に強かったりすれば営業成績が上がるであろうと推測するのは、素人である。玄太郎は日頃は鈍重な男である。鈍重は実直と見られ、口下手は誠実と見られた。

営業先で応接間に通されると、相手が入ってくるまで立ったままでいる。座るより立った方がよい。礼儀はスポーツの入口である。じっとしているより、動く方がよい。応接室が汚れていれば待つ間に掃除をする。

商品は多種大量生産の時代に入ってきていた。人々のニーズが多様化、高級化の傾向を示しつつあるように見えた。だが、流行もコマーシャリズムに乗って作られていく。

広告を見なければ、落着かない日々を人々は送り、ついにはそれが広告なのかニュースなのかさえ、判断がつきにくい世相となった。

六　前進のために

玄太郎は出張のたびに、土産を買って帰った。友緒は彼の帰りがどんなに遅くても、夕食を作って待っていてくれた。その日の仕事が少々きつくても、家で待っている友緒の笑顔に接すると、疲れがとぶ。

「どうして、わたしなんかと一緒になってくれたの？」

「友緒さんは、わたしなんか、じゃないし、一緒になってあげたのでもないです」

「わたし、教養もないし、料理も作れないし」

「ぼくと同じだ」

友緒は笑った。軽く笑うと右の唇の端が少し上がって、それがまた愛らしい。

「わたし、明日から図書館へ通って本を読み出そうかしら」

「それはいいね」

「どんな本を読めばいいの？」

戦前の少国民時代のマンガや雑誌は、今から考えると戦意昂揚の軍国物ばかりだったような気がするが、それも読んだ記憶があまりない。

「ぼくには友緒さんにすすめる本なんか、一つもないです」

「長篇小説から読もうかしら」

友緒は区立図書館から中里介山の『大菩薩峠』と宮本百合子の『伸子』を借りて読み出した。玄太郎も負けじと青木文庫の『資本論』の一冊目から読みはじめた。一頁二頁と、いつでも読めるようにどこに行くにも鞄に入れておいた。平行して読む宮本顕治の『日本革命の展望』は比較的わかりやすかった。


中ノ井商事は玄太郎の入社時、全従業員五百人の商社であった。彼が課長になった頃は千三百人を擁し、支社もふえ、年商総額も三倍に達していた。ちなみに丸紅商事は当時従業員四千人、その後、海外支社を含めて一万五千人になり、年商一兆円をこえるといわれた。

「課長、誰か推薦できる人、ありませんか」

共産党支部長の山岡糸子が言った。支部でも「課長」で通っている。「それはやめてくれませんか」と言ってみたが、社内でもそれで通用するし、いいじゃないの、と説得されて抵抗するのをやめた。

六〇年代の党の勢力、得票率と議席数が国政でも地方選挙でも、伸び続けた。だが世界の共産主義運動はソ連と中国共産党毛沢東派による他国への干渉と介入が公然と、あるいは隠然とおこなわれ出していた。二大国の共産党による干渉と介入は日本原水爆禁止運動での社会党・総評を分裂行動に走らせ、日本共産党への干渉と分派づくりにまで及んだ。アメリカは、この機に乗じてベトナムへの侵略戦争を開始した。

中ノ井党支部は理論学習にとりくみつつ、支部を大きくしようと努力していた。第八回党大会で党員を二倍にし、続いて一人、二人と党員を迎えていたが、一九六六年の第一〇回党大会を前に、あと党員を二人ふやして、一二人の支部にしようとしていた。

「課長いかがでしょうか」

玄太郎は二度うながされて、少しの回想から醒めた。

「アカハタ新聞をすすめて、とってもらった後輩が二人いますけどね。全織同盟員ですよ」

「綱領と規約を認めてくれる人なら」

「一人は外商部の柴谷さん、もう一人は販売部の日野さん。二人とも筋の通った話をするのだけど、どこかスネているようなところがある人たちですよ」

「わたしたち、みんなどこかスネていますよね」

糸子は同意を求めるように一同を眺めた。みんな、笑った。

柴谷と日野は、まだ平社員で冷や飯をくわされている。大学卒の採用人員も大きくふえ、毎年十人以上となった。

二人とも驚くほどあっさりと、入党を承諾してくれた。情勢が彼らの背中を押したのであろう。支部の人たちは、玄太郎がはじめて二人もの党員をふやしたのにびっくりもし、喜びもした。これで結成時三人が四倍の一二人となった。


それから九年、入社後一七年、玄太郎四〇歳、一九七五年を迎えていた。

党の支部は二〇人をこえ、二つの班に分けられた。この年、全国の革新自治体は二百五自治体にのぼり、日本の総人口の四三％に達している。

同じくこの年、玄太郎は労務管理部長になった。同期の岡本は人事部長、井上は商品管理部長にそれぞれ前年の異動で昇格し、玄太郎は一年遅れた。岡本は噂通り常務の娘と結婚し、井上は社内結婚で、どちらも一男一女の父となった。

玄太郎だけは子宝に恵まれなかったが、それほど無念とは思わなかった。自然の成り行きにまかせる、それが近頃の彼のモットーであった。友緒さえいれば、それでよいのだ。だが、彼女の方はそうでなかったに違いない。

仕事は順調にいっている。反主流派の組合に所属し、どうやらアカらしい男に部長の地位を与えてくれた。だが感謝するのは早い。油断は禁物である。労管部長になれば経営陣の一角に座ることになる。もちろん組合員であるわけにはいかない。そればかりか組合対策の先頭に立たねばならない。


性悪の総会屋もどきが金をせびりに来た。担当の専務が立ち合ったが、対応しきれず玄太郎にバトンが渡された。

立ったままの玄太郎を見上げながら、性悪屋は言った。

「お前は誰だ」

「名乗るほどの者ではございません」

「見ねえ顔だな」

「お初にお目にかかります」

「おれが出張ってきたからにゃ、素手で帰るわけにもいくめえ」

「何か物騒なお言葉をちょうだいいたしますと、私の顔も立ちませんので、お引きとり願いますれば幸いでございますが」

事務員が茶と菓子を運んできた。玄太郎は両手の指をポキポキと鳴らしてから、立ったまま茶をのんだ。山盛りの煎餅を手づかみにすると一度に全部口の中にほおりこみ、バリバリと嚙み砕いた。

「そうか、ではお前の顔が立つように今日は帰ってやろう。それでいいか」

「ありがとうございます。お出口までご案内いたします」

男は二度と現われなかった。


労管部長になってからの団体交渉で、玄太郎は経営者側の最前列に座らされた。会社は毒をもって毒を制する、格好の手段と考えたのかもしれない。

「庶務の女性に、お茶くみばかりさせるのは、やめてもらえますか」

委員長になった山岡糸子が質す。若かった彼女が今は堂々たる貫禄である。労務担当専務が答える。

「それは善意でのことでしょう。それに庶務の女の子は全員、全繊同盟員でしょう。あなた方とは関係がない」

「何ですって？　もう一度おっしゃってください」

書記長に選ばれた倉庫部の梶川元子が、キッとなって重そうな体をゆるがせた。

「あなた方とは関係がない」

「組合の所属の問題ではなく、女性の待遇に問題があるのでは、と申し上げているのです。

前々からの要求が、ちっとも解決されていないではないですか」

「では聞くが、お茶は誰が入れるの？　誰かが入れなきゃ、仕事にならんでしょう」

元子と専務とのやりとりになった。

「誰かが入れるのはいいのです。特定の女性ばかりが、お茶汲みをするのは、いかがかと申し上げているのです。本来の仕事ができなくなります。男性のなかには、おいお茶って茶碗を突きつける人もいるんですよ。どう思われますか」

「そういうときは断ればいい」

「上司から、それも大きな体の男性から言われて断れますか」

大きな体の男性といわれて、玄太郎は身をすくめた。

「社長は私に、そんなことは言わんよ。秘書がいるんだから」

「庶務の女性に秘書が付きますか」

「無茶を言いなさんな。お茶汲み専用の社員を一人ずつ各課に付けよっていう要求じゃないだろうね」

「そんなことは言っていません」

たまりかねたように、組合員の一人から手が上がった。

「あのう、ほかにもあります。女性の体に触ったり、顔がくっつくくらいに寄ってくる男性の上司がいるんです。やめてもらえませんか」

「親愛の情の表われではないの？」

　不満の声が口々に上がった。

「馬鹿にしないでください。訳も理由もなく体に触られるのはイヤなんです。やめてもらえますか」

「どの課の誰だね。その者は」

「専務さん、あなたですよ、その者は」

　専務はグッとつまった。経営側から笑いが洩れた。筆頭常務は口をへの字に結んだままだった。そんな時の調停役が玄太郎であった。

「みなさんの今日の要求は、よくわかりました。男女差別はしない。お茶くみは女性に押しつけない。女性がイヤがる行為はしない。これらを社長にも報告し、会社として次回に回答しますから、これでいったん中断するというのは、どうですか。委員長」

　玄太郎は山岡糸子委員長に返した。

「女性問題については、他にもいろいろあります。本年度も要求書に掲げてありますから、その他のものと一緒に次回は文書で回答願います。毎回申し入れておりますが、いつでも必ず社長の出席を求めます。では今日は労管部長の顔も立てて、中断といたしましょう。いいですか、常務」

「承知した」

片岡常務は落ち着いて答えた。

専務が、あわてて言った。

「ちょっと伺うが、私の名前は組合ニュースには……」

「のせません。個人攻撃は組合の趣旨に反しますから。ただし、これ以上ひどくなると告発も考えなければなりません」

委員長はピシャリと言って、交渉を打ち切った。

「わたし、働きに出ようかな」

友緒は近ごろ、五勺の酒を晩酌にしている。それが唯一の楽しみなのは気の毒であった。

「働くって？」

「どんな仕事がいいかな」

「無理しなくてもいいよ」

「だって、このままでいいのかしらって、思う時があるの」

「悩んでる？」

「図書館で本を読んだり、一丁目公園で小さな子たちと遊んだり、買物や料理している時は何も考えないわ。でも、ふっとこんな幸せな自分でいいのかしらって考える時があるの」

公園の子ども？　結婚して、とっくに十年以上経っているのに、子どもができない。その寂しさを友緒は訴えているのだ。二人で病院を回り、手はつくしてきた。原因は自分にある。幼い頃の風疹が子どものできない体にしてしまった。間違いない。

「テレビでも買おうか」

電化製品は次々と売り出され、テレビは普及されつくした感があった。

「ラジオで十分よ。クラシック音楽も聴けるから」

「いっそのこと家でも建てるか、転宅するとか」

サラリーマンにもマイホームが夢でなくなってきていた。この家は玄太郎が入社以来、下宿として借りている。二人の結婚と同時に家主の今西伸江が、別に新築した住まいへ移った。一軒全部借りてもらえないかと言われた。もっけの幸いと借り受けた。古い造作だが、丈夫な上に二人だけの住居としては広過ぎるほどである。

「伸江さんにはお世話になりましたわ」

「二階の一間で話し合った日もあったね」

「結婚祝いとかいって、バスルームを改築してもらったのは感激」

「それまでは一丁目の銭湯」

「だから新築も転宅も必要なしよ」

「郊外に家が次々と建っているから、今が買い得かも」

「玄太が会社に通うのは、ここが一番よ。わざわざ遠くへ引っ越さなくても。それに伸江さんに悪いわ」

「それもそうだね」

彼は、いつも彼女に同調する。

「明日、病院へ行ってくる」

「急に何？　どこか悪いの」

「もう一度検査してもらう。子どもの頃の病気が原因だとしても、他に方法はないかと。それにどうもホルモンの異常があるらしいし。食料不足の国民学校時代に突然、体が大きくなり出して止まらなくなったんだから」

「赤ちゃんは授かりもの。そのうちきっとできるわ」

「できなかったら？」

「そうね、妹が結婚して、たくさん子どもができたら、一人くらい分けてくれるかも」

糸緒はまだ未婚のままだった。

「どちらにしても高齢出産になるね」

「そうよね」

二人は笑った。

労務管理部長になってから、玄太郎は共産党の支部は職場から地域の経営者支部に移った。

組合も職場支部も、それぞれに歓送会をやってくれた。

七七年六月。この日も会社からの帰り道。喫茶「オーシャン」に寄って、疲れを休めた。窓の外には鉢植えの紫陽花が一鉢ごとに色を変えながら、並んでいる。今頃は友緒が夕食の準備に余念がないか、それともすでに食卓にはいくつかの皿が並べられている頃であろうか。最近、私設の保育園に臨時の補助員として勤め出した。気が紛れるのならば、それも結構である。友緒は今まで何事につけても、不平不満を一度も口にしなかった。結婚指輪も高価なものは要らないというので、シルバーの揃いにした。

結婚してから買った写真機、オリンパスの一眼レフで写した友緒の上半身。白黒だが横顔を見せて、いかにも楽しそうに笑っている。その小さなフォトは名刺入れに、ちょうどいい具合に納まった。どこへ行くときでも、いつも友緒と一緒にいる。

家に着くと七時であった。陽は長く、風景はまだ闇の中に溶けてはいなかった。門灯が点いていないのを、さほど不思議とは思わなかった。

家の中は薄暗く、一階のキッチンの食卓には何も出ていず、流し場にも人の気配がない。階段灯のスイッチを入れ、二階へかけ上がった。奥の間に布団が敷かれ、暗がりのまま友緒が寝ていた。

「大丈夫か」

　玄太郎は枕元へ寄って声をかけた。

「寒けがするの」

　友緒の額に手を当てた。寒気がするというのに熱っぽい。

「医者に診てもらおう。二丁目北角の小林医院」

「いやよ」

「どうして」

「お医者さん、嫌いだもの」

「だから、行くんだ」

「体がつらくて、起きれない」

「だから行くんだ。わたしが抱いていく」

「いや。恥しいから」

「言ってる場合じゃない」

　友緒を、そっと横抱きにして階段を下りた。雨が降り出していた。半透明の合成合羽を彼女の頭からかぶせて、背中に負ぶった。たった百メートルほどの距離だ、何ほどのことがあろう。

　だが「おんぶ」の姿勢では、背中の友緒が合羽ごとずり落ちそうになる。肩車に変えた。

「わたしの首と肩に寄っかかっていなさい」

　友緒は返事をせず、玄太郎は彼女の脚を両手で、しっかりと押さえた。これなら万全だ。頭も首も肩も太く広く、頑丈で安定している。友緒は玄太郎の頭と首に寄りかかり、目をつぶった。

　小林医師は、すぐ診てくれた。玄太郎の出勤時、朝の散歩らしい姿に時々出会って、あいさつを交わす顔みしりの医師である。中年の、長身だがやや猫背で、いつもは小難しそうにむっつりしている。医術の腕は確かなようで、町内では頼りにされている。

　小林はベッドに横になっている友緒の脇に座った。聴診器をあちこちに当てた。傍に小林の妻がナースとして立ち合っている。

　医師は玄太郎を診察室に呼んだ。

「リンパ部が腫れていて、……の疑いがある」

　よく聞きとれなかった。

「何とおっしゃいました」

「急性リンパ腫白血病」

　玄太郎は目まいがした。体ごと霧に包まれているようだ。

「血液のガン。疑いだよ。区立病院を紹介するから、今からすぐに移る。内野という友人の専門医がいるから、すぐ入院して明日は精密検査。紹介状を書く。区立は救急車を持っているから、すぐ手配させる」

「ガン、とおっしゃいましたが、今すぐ区立病院ですか」

「そう言ったが」

「白血病、血液のガン、そんな」

「だから疑い、と言ってる。国子、すぐ区立へ電話」

小林は夫人に命じた。


車の中で、玄太郎は友緒の手をずっと握っていた。他に何ができたろうか。赤ぎれはとっくになくなっていたが、今もザラザラと東北の農民の手であった。

「どこへ行くの」

「区立病院だよ」

「わたし、どこが悪いの」

「検査をしてもらうんだ」

「もう大丈夫よ。さっきより楽になったみたい」

「そうか、よかった」

「わたし、家に帰りたい」

「検査がすんだら帰ろう」

このまま入院となったら、どうする。もしも白血病だったら、どうすればいい？　今の内に山形に連絡をとっておくべきか。山形から誰か出てくるにしても時間がかかる。共産党の経営者支部の人に手伝ってもらおう。

内野医師は当直であった。

「今夜は入院してもらって、明日の朝から検査に入りましょう」

「家に帰りたいと言うのですが」

「それは、おやめになった方がよろしいでしょう。今夜の内に問診と簡単な診察をして、投薬も含めて適切な処置をする必要がありますから。しばらく入院する準備をしておいてください」

「そうですか」

予感が当って玄太郎は肩を落した。

「それで、どんな準備を」

「ナースが説明します。場合によっては少し長くかかるかも知れません」

山形は糸緒が電話に出た。

「今から夜行に乗ります。義兄さんは、お変りありませんか。わたしが付き添いますから心配しないで」

　共産党の支部長に連絡した。丸岡商事の社長、丸岡三郎である。

「こういうのは、ご夫人たちがよい。看護の経験者を一人送りましょう。看病は妹さんにまかせて、こまかな仕事は頼めるだろうからね」

　会社へは最後になった。同期の岡本光一はこの年、四二歳で商品開発担当専務取締役になっていた。一番の出世頭である。

「よお、どうした」

「二、三日休む」

「珍しいじゃないか。どうした」

「妻が入院した」

「マドンナが？　大変じゃないか。今でも憧れの人だからな。お前がこき使ったんだったら承知しないぞ」

「そんなんじゃない。二、三日の検査入院だ」

「わかった。一週間ほど出てこれないって伝えておくよ。お前がいないと会社も組合もせいせいするだろうがね。ま、奥さまを大事にして早目に出てこいよ」

「白血病の疑いがあります。白血球の増え方が異常です。しばらく入院してください」

内野医師は冷ややかに言った。

日本人民の真の敵はアメリカ帝国主義と日本独占資本であったが、眼下の敵は白血病と内野医師となった。

「しばらくって、どのくらい」

「わかりません」

「どんな病気ですか」

「血液がガン細胞の侵食を受けて、白血球が増えていきます」

「すると、どうなります」

「白血球が灰白化して、他の臓器に影響を与えます」

「すると、どうなる」

「死に至ります」

「治療法は？」

「今のところ、ありません」

「じゃ、何で入院させるんです」

「安静と栄養補給、ガンの増殖を押さえる治療をするためです」

「抗ガン剤ですか」

「今のところ、そうです。転移や機能低下があれば放射線照射、ステロイド剤の投与、痛みがひどければ、モルヒネを使います」

「副作用があるでしょう」

「徐々にやっていきます。まだお若いですからガンを叩いて縮小させていけば、回復も可能です」

「じゃ、原因は何？」

「今のところ、わかっていません」

「原因がわからないのに、抗ガン剤ですか」

「他に方法がありません」

「放射線とかステロイドとか、危険じゃないの」

「やむを得ません」

「みな対症療法だ。根治法はないんですか、丸山ワクチンとか」

「丸山ワクチンは学界では認められていません。ただし、お望みなら取り寄せて投与も可能です」

「やってください。何でも良いと思われるものは、やってください」

「もちろんです」

「漢方薬、鍼灸とかは」

「結構です。鰯の頭も信心ですから」

「誰が鰯の頭を信じると言った」

「たとえ話です」

「たとえも誇張すれば誤りに転ずる。ヘーゲルもそう言ってる、ドクター内野」

「ヘーゲルが言いましたか」

「言ったような気がする」

「あなたと論争する暇はないので、失礼」

ドクター内野は、そそくさと立ち去った。

玄太郎は、その夜ずっと友緒の手を握り続けていた。熱っぽかった体温も下がったようだった。彼女はスースー寝息をたて、時どき寝返りを打った。彼は、そのたびに彼女の手を握り変えた。

次の日、糸緒が来た。玄太郎一人では何も手につかない。

「義兄さん、大丈夫です。姉は小さい時から体が強かったのですから。看病は、わたしに任せて、義兄さんは仕事があるでしょ。わたし義兄さんの家に泊まってもいいですか。部屋はありますか」

姉と比べて、いつもは静かでおとなしい性格だが、いざとなればテキパキと動くタイプらしい。

「わたしは二階で寝るから、糸緒さんは一階を使うといい。キッチンもあるし、バスルームもある」

「長期戦になるかもしれませんが、いいのですか」

「山形はいいの？」

「わたし、一人身だし、食費が減ったと喜ぶでしょうから」

髪の毛が抜けてきた。くしけずるたびに抜け落ちる。タオルをターバンのようにして、頭に巻いている。丸山ワクチンは効かなかった。進行が早いせいかもしれない。そのうちに背中が痛い、脇腹が押しつけられるようだ、と訴えはじめた。

民間に枇杷の葉療法というのがある。炭火であぶり患部に当てる。昔、軍隊で使っていたデミガー治療器に枇杷の葉エキスを綿にしみ込ませ、電熱で患部を照射する。だがこれは局所療法だから、白血病には適さない。

漢方も、附子は量を間違うと猛毒だし、処方中の甘草、白朮《びゃくじゅつ》、地黄なども連用し過ぎたり服用を誤れば肝機能や胃の障害を起こす場合があるという。

西式健康法や桜川如一の食養法もある。大阪大学医学部出身の医師、甲野光夫の断食玄米菜食二食療法もある。

大阪の八尾市で開業する甲野医師を玄太郎は訪ねた。

「ガンも治癒可能です。ただ、放射線、抗ガン剤、ステロイド剤を使われた方は、お断りしています」

やせてはいるが、ひきしまった顔付きの甲野は、きっぱりと言った。

どこから聞きつけたのか「真光のワザ」と称する青年がやってきた。額のところに手をかざして病気を治すというのである。

「患者は、わたしの妻なのだが」

「あなたに気を送りますから、今度はあなたが奥様に気を送ればいいのですよ」

無料だというから、やらせてみた。二人は正座して相対した。青年は、何やらしきりに手をこすり合わせてから、玄太郎の額に手をかざした。一分、二分、三分と過ぎた。

「何か感じませんか」

「何も」

四分、五分と経った。

「温かく感じませんか」

「感じない」

「何かに抵抗されていませんか」

「無念無想」

「時には気を受けつけない人がいます」

「どんな人です？」

「頑固な人です」

「たしかに」

「信念をもって奥様に、あなたの手をかざし続けてください」

青年は動じた様子もなく、帰っていった。

「奇跡の水」とか「天地神明会」「霊交会」とか、怪しげな物売りや宗教まがいが次々と来た。なかには入信しないと罰が当たるとか、先祖のたたりだからおはらいをとか、脅迫する者もいた。


友緒は全身の疲労が続くようになった。食欲の減退がそれに追い打ちをかけ、ベッドに横たわっているだけの日々を送った。

糸緒は昼間、姉の部屋にいて看病する。陽が落ちる前に買物に行き、会社から帰る玄太郎のために夕食を作った。経営者支部が送ってくれた夫人は病室の整頓や洗濯を手伝ってくれたが、毎日雑用を頼むというわけにもいかない。時々顔を見せてくれればありがたい、と願い出た。

糸緒と玄太郎は黙って夕食の卓につき、そのあと彼女は後片付けに立つ。玄太郎は病院へ急ぐ。

友緒の頭、顔、上半身からつま先まで、湯をしぼった温かいタオルで、ていねいに拭いていく。彼女は、いつも「気持いい」というのである。

首から肩、肩から背中へと、柔らかく注意深く、何度も何度も拭いていく。ふっくらとした体つきが、少しずつ細って、玄太郎の涙が自然とこぼれる。

次は彼の掌で、ゆっくり、ゆっくり背中から腕、手の先へと、さすっていく。首から肩のあたり、手から胸、腹へ、力を入れずに撫でていく。

この方法が最善だ。今が回復への折り返し点だ。これからよくなる。よくならないはずがない。

友緒さえ、帰ってくれればよい。自分の命など悪魔にでもくれてやる。カルネアデスの板も確実に君に投げてやろう。吸血鬼が自分の血を吸って、君がよくなるのなら、吸うがよい。

玄太郎は、すべてを忘れた。おのれ自身を忘れた。ただひたすら彼女のため、そのためにだけ生きている自分がいた。

炭素棒光線療法や真空吸玉浄血療法というのもあった。病室にそれらの器具を持ち込むのは、ためらわれた。それよりなにより、今となっては、どんなに手を尽くしても、あるいは無駄では、などという最悪の予感が走る時がある。

個人の研究室を持つ仁川博士を訪ねて、九州に飛んだ。仁川は三十歳台後半の、新進気鋭の学者と見えた。筋肉質のとがった顔は、真剣味があふれていた。

「どこで私のこと、知られましたか」

「伝手から伝手へと辿りました」

ここが最後のかけこみ寺のつもりであった。

「私はガンの研究はしておりますが、最終結論が出たわけではありません」

「はい」

「奥様はお気の毒ですが、わたしの手ではどうにもなりません。おそらく、今の日本では、いえ世界でも奥様を救える人は一人もいないでしょう」

大阪の甲野医師と同様､仁川もはっきりと物を言った。主治医の内野や町内の小林医師も、そんな言い方はしなかった。希望があるような、ないようなあいまいさがあった。

これまで接してきた人たちは、診断にせよ助言や情報提供や、詐欺まがいにせよ、みな一縷の望みを抱かせてくれた。

仁川は自分の息子の白血病について語った。

「小学二年生の長男でした。国立ガンセンターで検査を受け、最高の権威があるガン専門病院に入院させました。私は学生のころから医学を志し､ガン研究を続けてきておりましたが、研究の途中でしたし、抗ガン剤を投与することくらいしか思いつきませんでした。国立センターなら他に方法がある。何とかなると思ったのですね」

仁川は一息ついてから、茶をすすめた。

「でも、やっぱり抗ガン剤の投与でした。子どもの場合は成長が早いから、細胞もどんどん変わっていく。だからガンを叩けばうまくいく、私もそう思いました」

仁川は狭い診察室の空間に、目をただよわせた。

「最初はね、髪の毛は抜けたけれども、元気でした。これなら、うまくいって回復も可能かもしれない、と思いました。ところが半年ほど経つと食欲が落ちてきました。ご飯が食べられなくなったのです。大人は無理してでも食べようとする。子どもは食べる意志がなければ食べないのです。一日中、氷水とジュースだけを飲んでいる。それしか、のどを通らない。ひと月もすると、あばら骨がね、見えてくる。脚の骨に皮がくっついてくる。もう、しぼんでしまってね。死ぬ二カ月前には血小板が、ほとんどダメになりました」

七　闘病

仁川は息を吐いた。

「みんな最後は、のたうち回って死ぬ。生き地獄を見ました。最後は、からだがぺちゃんこになって、水も空気も抜けたようになっていましてね。お父ちゃん、医者だろう、だったら助けてよ。息子は何度も言いました。医者の私がついていながら、何もできない。抗ガン剤も放射線も副腎皮質ホルモンもモルヒネも何も効かない。むしろ副作用が死を早める。けれど、それをしなかったら、すぐ死んでたって、友人の医師は言うけれど、少しばかり長生きしたって、あんな苦しみはもういやだ。早く殺してやってくれって、思いもしますよね」

仁川は宙を見つめたまま、言った。

今は抗ガン剤を使わないで、生体のもつ自然治癒力を高める方法、発酵薬剤を研究中だとも言った。

友緒の症状は一進一退を続けたが、もう苦痛を訴えたり、我がままを言ったりはしなかった。友緒よ、我慢するのはやめてくれ、もっと甘えてくれ、その方がずっと良い、と玄太郎は願った。


妹の糸緒が階下の奥の間に寝泊りするようになって、日が過ぎた。

その年の晩秋の夜、一時、糸緒は山形へ帰った。「すぐ戻りますから」と糸緒は言った。

友緒は気分がよさそうであった。「玄太、そこにいるの？」とベッドから左手を伸ばした。

「ここにいるよ」　彼はいつものようにその手を両手で包んだ。

「ああ、よかった。わたしね、お願いがあるの」

どんな願いでもきくつもりであった。

「わたしでも共産党に入れるの」

「大丈夫だとも」

「寝たままの者でも」

「綱領と規約は読めた？」

「ええ。ちょっと難しかったけど、なんとか読めたの。まだ判りにくいところもあるけれど大体賛成できる」

「そりゃあ、偉い。申込書を持ってきてもらうよ」

今まで一度も妻に入党をすすめなかった自分を後悔した。自ら進んで入党を申し込む人は珍しいが、貴重な人でもある。

「ほんとに病人でもいいの？」

「元気だった人が病気になる。病気の人が健康を回復する。目の見えない人も、どんな障がいがある人でも、幸せな世の中をつくりたいと思っている人なら誰でも歓迎される。それに、この病院には共産党の支部もあるんだからね」

「え？　そうなの」

友緒は、つむっていた目を開いた。一瞬、瞳が輝いたように見えた。

なぜ、もっと早く患者会や生活と健康を守る会のこと、経済や政治のこと、何よりも共産党について語ってこなかったのか。妻の病気にこだわって、それにかかりきりになって、回りも見えなくなっていたのか。

「そのうち、元気になって動けるようになるのだから、何も心配いらないよ」

「このまま、動けなかったら」

ありえないことではなかった。

「それはないよ。しばらくの辛抱だ」

「だといいけど。それから、もひとつお願い」

友緒は体の向きをかえ、背を見せたまま話した。

「わたしがいなくなったら、玄太の身の回りの世話は誰がするの」

「いなくなるって？」

「わたしよ、あなたの妻よ」

「あり得ないよ、あり得ない」

「だって誰でも、いつかは死んでいくのよ」

「そりゃそうだけど」

「糸緒のこと。あの子、玄太を好いているの」

唐突であった。

「初耳だね」

「知らなかった？」

「知らないよ、全然。いつから？」

「最初からよ。ほら、わたしたち初めて山形の実家に行ったとき、あるでしょ」

「むりやり相撲をとらされた時だね」

「あの日、糸緒の様子、もうおかしかったもの」

「気がつかなかった」

「二つ目のお願い。私がいなくなったら糸緒といっしょに暮してほしいの」

思いもかけない話であった。友緒がいない生活など、考えられもしない。糸緒が嫌いなわけではない。彼女は妹であって、女性として眺めたことは一度もない。

しかも今は、病気と懸命にたたかっている友緒だけを見守っていて、他のどんな人も脳裏に思い浮かべることはできなかった。友緒の妄想がはじまったのかとも思った。

共産党に入りたいという第一の願いは真当なものである。やがて院内の支部総会が開かれ、入党が承認されるであろう。

第二の願いは難題である。彼女の願いだとしても再婚などとは、しかも友緒の妹ではないか。夢を見ているにちがいない、としか考えられなかった。

今はそれどころではない。看病一筋を一念として努めるだけである。

年が明け、梅雨の季節が過ぎ、初夏が来た。日曜日の病室の窓を開けると、さわやかな風が入ってくる。しかし、それも朝のうちだけで、町の中は騒々しく、空気も淀んでくる。

高層ビルや高速道路の建設がすすみ、商店街の建て替えが始まった。東京大空襲の痕跡はなくなり、現代化はあらゆる分野で急速に進んでいった。豊かさと貧困が表と裏に存在した。公害もまた全国をおおいつくすように広がった。

「一週間ほど実家へ帰ってきます」

糸緒は実家と言った。この前は「山形へ帰る」と言って、二日ほどで帰ってきた。

「皆さんによろしく伝えてください」

「しばらく不便をおかけしますが」

糸緒は口ごもった。いくら実の姉の看病とはいえ、義兄と一緒の生活が気づまりなのは判りきったことだった。

「こちらは何とでもなりますから、ゆっくりしてきてください」

糸緒は、軽く頭を下げた。


ちょうど一週間して、糸緒は大きな茶色のキャリーバッグを持って帰った。

「用事はすましてきました」

「そうですか」

何の用事か、とは聞かなかった。次の日の朝から糸緒は何事もなかったように、元の生活に戻った。

「妹の気持、聞いてくれたの？」

「気持って？」

その夜、友緒は気分を持ち直しているようだった。顔色もよい。このまま悪魔がどこかへ飛んでいってくれればよい。そうすれば、どんなにうれしいか。

「田舎へ帰ってきて、話はすませてきたそうよ」

「話って？」

「聞いてないの？」

「うん」

「お見合いの話が、二つほどあったらしいのよ」

「知らなかった」

「危うく、お嫁に行ってしまうところだったのよ」

「危うくって？　話、決まらなかったの？」

「みんな断わったそうよ」

「残念だったね」

「なに言ってるの？　意味わからないの？」

「わからない」

「ずっと、こちらに居座るつもりよ」

玄太郎は絶句した。

迷惑だとは言えなかった。糸緒がいてくれるのは心強いのである。だが彼女の気持をふみにじる結果になるのは、目に見えている。今は、友緒の病気が完治して、元のくらしに戻るのが最善手であり、次善手は、ない。

今夜が山場だと、内野医師に告げられた日、玄太郎と糸緒は友緒の傍にいた。

玄太郎は、せわしなく息をする友緒の手を包み込んで握っていた。徐々に彼女のからだが冷えていくように感じる。

彼の頭は、くらくらとし、我を失っていた。友緒が死ぬ。あり得ない事実が進行している。その事実を彼は受け入れることができなかった。

友緒の意識は、まだあった。何か言いたそうで、酸素マスクをはずし、玄太郎は彼女の口元に耳を近づけた。

「わ、た、し、し、あ、わ、せ、で、し、た」

「何をいうんだ」

「げ、ん、た、ろ、う、さ、ん、あ、り、が、と、う」

いつも玄太、玄太と呼ばれ慣れていた。彼は、友緒と呼ぶよりは友緒さんという方が多かったのに、二人とも奇妙とも思わなかった。

彼は彼女の手を握ったまま、涙を流した。

内野医師は今の医学では、ほぼ助からないであろうとも言った。だから言ったじゃないか、内野に。ほぼ、は百%ではない。であろう、もまた可能性である。可能性は必然性ではない、と。

だから内野も言ったではないか。ベストを尽くすと。何がベストか。今はもう黙ったまま、ベッドに横たわって動かなくなっているだけの友緒。

耳を近づけると、心臓の鼓動は小さく低く響く。酸素を吸う息、吐く息が、かすかに感じとれる。それは安らかにも聞こえる。だが友緒のからだは内部から崩れているのだ。

返してくれ友緒を。医者を信じ、最新の医学を信じ、君たちに預けた友緒の命を返してくれ。そっくり、そのまま、あのはちきれそうな健康であった友緒を。満面の笑顔で接してくれた友緒を。

力一杯、愛してくれた女、全身全霊で愛した女、その女を返してくれ。

一九七九年八月一八日、四〇歳の死であった。

友緒の葬儀は終った。山形の両親、兄夫妻、甥姪たち、共産党の支部、中ノ井商事と商店街の人たち、が見送った。玄太郎の母も来た。同期の、今度は井上大竜外商部長が仕切ってくれた。

一段落したあとも、糸緒は残った。

何だか広くなったような二階で、玄太郎は友緒の遺品を整理していて、また涙があふれた。

いつも派手でなかった衣服類、高価な装身具というほどの物も入っていない宝石箱。小さな鏡台。なぜもっとぜい沢をさせてやらなかったのか。

一泊の旅行をした先が三カ所。山中温泉の「孤蝶」、湯布院の「夢の屋」、登別「滝川亭」。

――これで全国の温泉を制覇したようなものだね――

――そうよね――

なぜ、もっといっぱい、連れて行ってやらなかったのか。タンスには洗濯して、きれいにたたまれたハンカチやタオル、手袋やマフラーの類。洋服ダンスを開けると、玄太郎の通勤用のスーツ、ネクタイ、慶弔時の礼服などが整理されて吊ってある。衣裳引出しにはYシャツや下着物が、ていねいに重ねられていた。

友緒が病室にいたとき、訊ねられたことがある。

「糸緒は、玄太が会社に行く用意、してくれているの？」

「友緒さんと同じくらい、きっちり」

「食事は、いっしょ？」

「朝と夜はいっしょ。昼は弁当つめてくれるから」

「何を話してるの？」

「とくにない」

「黙ってるの？」

「糸緒さんは静かな人だから」

「何か話しなさいよ。つまんないじゃない」

「うん」

「お風呂は、ちゃんと入っている？」

「毎日。糸緒さんが沸かしてくれるから」

「どちらが先に入るの？」

「わたし。湯舟を洗ってくれるのも、糸緒さんだし」

「一緒に入らないの？」

「入らない」

「どうして？」

「どうしてって。それは、おかしいよ」

「わたしとは入ったじゃない」

「それは夫婦だから」

「玄太が入ると、お湯が半分くらいになったわね」

「迷惑かけたね」

「糸緒のこと、好きじゃないの？」

「好きとか、嫌いとかじゃないよ」

「じゃ、いつか好きになるかもね。そんときは一緒になってね」

返答に窮した。からかっているのか、本気なのか。だが、その時はそれどころではなかった。

友緒を想うと、いつも涙がこぼれる。仕事をしていても、ふと想い出すと泣けてくる。

糸緒には、もう帰ってくれても大丈夫です、などとは言えなかった。四九日を過ぎても彼女は帰ろうとしなかった。いつまで？　とも訊けなかった。彼女の気持を推し量っているつもりもなかった。このままでは、いけない気持がいつも働いていた。

友緒から、いわば遺言のような形で頼まれたのに、それが果せないのは自明であった。先祖を形ばかりに供養するための、小さな仏壇は近江の母の家にあった。墓も近くの聞善寺の庭にあった。いくいくは遺骨を納めるべきところに納めるわけになるのだろうけれど、それも今は彼の心になかったといってよい。

友緒は彼と一緒に住んだこの借家に、いつまでも居続けたいと願っているのか。それとも、あの東北の山里の、今もまだ静かな風景にとけこんで眠り続けたいと望んでいるのか。

糸緒は、どうか。好きな人と一つ屋根の下にいるだけで、幸せであるはずはない。それも家事使用人のような形で、いつまでも過せるはずはない。それを、いつ玄太郎の方から言い出すべきであったろうか。

二カ月経った秋の日。日曜日。

糸緒は玄太郎の前に座って、両手をついた。

「わたし、今日、帰ることにしました」

急な話であった。

「長い間、お世話になりました」

「いや、わたしの方こそ」

何を言えばよかったのだろう。また来てくれますか、とは言えなかった。

「かえって迷惑をかけましたね。友緒が亡くなってからも、わたしの家の仕事を手伝っていただいて」

「姉の死は、運命だとあきらめています」

うるんでいた糸緒の両の目から、涙があふれて流れた。

「帰ってから、どうしますか」

聞いて何になる。

「結婚するつもりです」

風が窓から入ってきて、鈴蘭模様の入ったカーテンをゆるがせた。風は机の卓上日記のページを一枚めくった。

「お元気で」

「義兄さんも、いつまでもお元気で」

上野駅まで送った。

「さようなら」と糸緒は手を振った。

玄太郎も手を振った。

八　帰郷

一九九五年、友緒を亡くしてから十六年が過ぎ、玄太郎は六十歳の定年を迎えた。渉外担当専務取締役待遇であった。いいように使われている、との感はあった。それでも思いの外の激務であった。それほど苦にはならなかったのは、天性の体力のお陰であったろう。

退職時、名実ともに重役、それも副社長として遇すると、今は何代目かの、念願の社長となった岡本光一が引きとめたが、丁重に断った。井上大竜はうつ病を発して三年前に退職した。

母絹の実家、近江に帰った時は、母なく、妻もなく、子もなく、天涯孤独であった。

しばらくは仕事や活動の疲れを癒すつもりであった。友緒の遺骨を持ち帰り、井伊藩領下の百姓であった祖父母時代の小さな仏壇に置いた。いつか山形に行き、分骨してその山麓に納めたいと思った。

共産党の理論と運動も発展した。プロレタリアートの独裁は執権、または権力と訳しかえられた。前衛を名乗らず、国民の多数の意志にもとづく民主連合政府の樹立をめざすとした。ベルリンの壁はこわされ、ソビエト連邦とそれに連なる東欧の「社会主義」諸国は崩壊した。かつてフルシチョフ時代の「祖国の英雄」ガガーリンはその犠牲者となった。自主独立の党の価値が、いよいよ光を放つ時が来た。

だが、社会党―公明党による共産党排除の合意や小選挙区制度、二大政党論などの反共攻撃は、党の前進をはばみ、その勢力は一進一退をくり返した。

中立労連中ノ井支部は、資本と政党からの独立、要求で団結するをスローガンとする統一戦線労働組合懇談会に参加し、全国組織「全労連」の結成に加わった。全繊同盟は伝統の反共主義を引き継ぎ、全国組織「連合」に移行した。

かつて、アヒルがニワトリになったといわれ労働運動の全盛を誇った、日本労働組合総評議会（総評）、地方労働組合評議会、地区労働組合評議会等は消滅した。

共産党中ノ井支部は、よく健闘し、支部から区議会議員を出すまでになった。

会社の仕事や組合支部、党支部で世話になった仲間たち、坂本みどり、中村華江、白川早苗、山岡糸子、梶川元子たちは、結婚して退職したり、定年退職あるいは、転職してそれぞれの道を歩んでいた。代替わりは、家主の今西伸江にも及び、今では息子らしい若い男に所有権が移ったらしい。

共産党の地方議員数は他党を圧していたが、国政選挙では押し込まれ、次の躍進、飛躍の時期を準備しつつあった。

改築した母屋の、東向きの広縁に肘掛け椅子をおいて深く腰を下ろす。ガラス戸越しに見える小さな畑地や、かわるがわるエサをついばみにくる雀たち、季節はずれのうぐいすの声、時どきはヒヨドリも姿を見せる。その風景を眺め、その羽音、鳴き声に耳を傾ける。椅子の中にからだごと引きこまれていくような心地良さに、うっとりとする。

朝食は生野菜をミキサーにかけ、牛乳二本を混ぜると大ジョッキ一杯になる。生卵二個を飲む。それで終りだ。

町の自治会費は払ったが、顔なじみの人はいない。ひっそりと引きこもった。近くのスーパーマーケットで、おかずを買い、飯は炊飯器でたいた。食べて、散歩して寝る。ただそれだけの日常。今までの疲れをいやす日々。それでもよいのだ。

人は皆、退職すればこんな人生観になるのかと疑念が湧いたが、当分はこれ以外の生き方はできなかろう。

共産党の転籍通知が、居住支部から届けられた。転入党員の歓迎会を開くというので、腰を上げるキッカケとなった。

玄太郎は居住支部という、地域ごとにつくられた組織に所属するのは初めてである。北支部の党員は十二名、その日の出席者八名。

からだは大きいが、人見知り。だが権威をふりかざす人には、一歩も引きたくない習性が身についている。党員になって三十年を越えた。これという活躍をしたという覚えもないが、党籍にあぐらをかいていたわけでもない。党員であるという自覚、誇りは失っていない。週一回の支部会議は、彼に刺激を与えるほとんど唯一の機会となった。


久しぶりに当てもなく街に出た。背戸川の土手にのぼった。川沿いを西に下れば湖が見えてくる。すると、柿本人麻呂の歌が思い出される。「淡海の海、夕波千鳥、汝が鳴けば、情もしのに、古思ほゆ」。湖上を風が吹いているであろうか、さざ波が立っているであろうか。

その日、土手を東に向き、一角橋をこえた。鈴町通りをぶらぶらと歩くのは帰郷後、はじめてであった。信号を二つ渡ると、右手に喫茶「カトレア」があった。

朝の八時を過ぎていて、客はまばらであった。戸を押すとドアベルが鳴って、客の入りを知らせた。

レジに立つ少女。玄太郎は一瞬、氷ったようになった。三〇数年も前に一挙に立ち帰ったような感覚。いとしい少女時代の友緒がそこに立っていた。

玄太郎は、クラクラとして中折帽を深く下ろし、奥の席に進んだ。

友緒に似た少女、久保田千加との出会いが玄太郎の第二の人生を歩ませる。

吉屋 行夫（よしや いくお）
1935年生まれ、彦根市在住。日本民主主義文学会会員、日本共産党彦根後援会代表。著書に『白い波―冤罪滋賀・日野町強盗殺人事件』（光陽出版社）、短篇小説集『回転橋』（本の泉社）、『澪標の旅人―馬場孤蝶の記録』（同）、『学校をふるさとに―高校社会科の学習と実践』（同）、『灰色の研究―不登校連続殺人事件』（清風堂）など。

風《かぜ》わたる湖《みずうみ》

二〇一六年五月八日 第一版発行

著 者 吉屋行夫
発行者 比留川洋
発行所 本の泉社
〒113-0033
東京都文京区本郷二-二五-六
Tel 03(5800)8494
FAX 03(5800)5353
印刷 音羽印刷（株）
製本 難波製本（株）

ISBN978-4-7807-1272-8 C0093 Printed in Japan